relatos vertiginosos

Antología de cuentos mínimos

relatos vertiginosos

Antología de cuentos mínimos

Selección y prólogo de Lauro Zavala

ALFAGUARA

RELATOS VERTIGINOSOS. ANTOLOGÍA DE CUENTOS MÍNIMOS

 ALFAGUARA ᴹᴿ

De esta edición:
  D. R. © Aguilar, Altea, Taurus, Alfaguara, S.A. de C.V., 2001
  Av. Universidad 767, Col. del Valle
  México, 03100, D.F. Teléfono 5688 8966
  www.alfaguara.com.mx

- Distribuidora y Editora Aguilar, Altea, Taurus, Alfaguara, S.A.
  Calle 80 Núm. 10-23, Santafé de Bogotá, Colombia.
- Santillana S.A.
  Torrelaguna 60-28043, Madrid, España.
- Santillana S.A.
  Av. San Felipe 731, Lima, Perú.
- Editorial Santillana S. A.
  Av. Rómulo Gallegos, Edif. Zulia 1er. piso
  Boleita Nte., 1071, Caracas, Venezuela.
- Editorial Santillana Inc.
  P.O. Box 19-5462 Hato Rey, 00919, San Juan, Puerto Rico.
- Santillana Publishing Company Inc.
  2105 NW 86th Avenue, 33122, Miami, Fl., E.U.A.
- Ediciones Santillana S.A. (ROU)
  Constitución 1889, 11800, Montevideo, Uruguay.
- Aguilar, Altea, Taurus, Alfaguara, S.A.
  Beazley 3860, 1437, Buenos Aires, Argentina.
- Aguilar Chilena de Ediciones Ltda.
  Dr. Aníbal Ariztía 1444, Providencia, Santiago de Chile.
- Santillana de Costa Rica, S.A.
  La Uraca, 100 mts. Oeste de Migración y Extranjería, San José, Costa Rica.

Primera edición en México: abril de 2000
Quinta reimpresión: julio de 2003

ISBN: 968-19-0606-3

D.R. © Diseño de cubierta: Nicolás Chirokoff
      Latin Freak System, S.A. de C.V.
D.R. © Prólogo: Lauro Zavala

Impreso en México

Índice

Prólogo

En los años recientes ha surgido un interés muy intenso por la escritura, la publicación y el estudio de la minificción, es decir, la ficción que cabe en el espacio de una o dos páginas impresas. Este hecho plantea varias preguntas para los lectores de literatura.

¿Cómo llamamos a estos textos de extension mínima? Han recibido casi medio centenar de nombres, entre ellos: micro-relatos, ficción súbita, instántaneas, retazos, viñetas, minicuentos, fragmentos y relámpagos. Cada uno de estos y otros nombres se refiere a un determinado tipo de texto. En esta compilación he decidido utilizar el término *minificción* para referirme a los textos en prosa cuya extensión no rebasa las 400 palabras.

¿Son cuentos? En muchos casos de escritura ultracorta es difícil distinguir un cuento tradicional de otros géneros. Un mismo texto puede aparecer en antologías de poema en prosa, ensayo o crónica. Esto lleva a pensar que la naturaleza genérica de cada texto depende en muchos casos de la manera como es leído por cada lector, lo cual depende a su vez de sus estrategias de lectura y de su experiencia literaria y extraliteraria. Por otra parte, cada uno de estos textos es autónomo, y esta autonomía literaria se conserva incluso cuando los textos forman parte de una serie (como los incluidos en las primeras ocho secciones de esta compilación), lo cual no impide que estas

minificciones tengan un carácter fractal, es decir, que cada una conserve los rasgos estilísticos de un autor particular. Ésta es la razón por la que he incluido algunas ficciones que no son necesariamente narrativas.

¿Son literatura? Aunque algunos de estos textos se apoyan en juegos de palabras o en otras formas de ingenio que los aproximan al chiste, tienen valor literario porque en todos ellos hay una estructura paradójica, diversas formas de erudición literaria y en ocasiones más de un sentido alegórico. Su naturaleza estética consiste en sintetizar, de manera alusiva, lo mejor de la tradición popular y lo más complejo de la sofisticación literaria. Son textos literarios por derecho propio y por el diálogo que establecen con la tradición cultural.

¿Son fragmentos? La condición de ser fragmentos o detalles, es decir, de ser textos que forman parte de una totalidad o textos que contienen universos autónomos depende en gran medida de la manera como son leídos. La organización de esta compilación propone una lectura en series de octaedros, es decir, series formadas casi todas por grupos de ocho textos. Pero este libro, como muchos otros, puede ser leído secuencialmente o de manera aleatoria, como un modelo para armar. Es decir, puede ser leído de la primera a la última página o puede ser abierto en cualquier página y leído en cualquier orden. En lugar de que el sentido de cada texto dependa de los demás, las minificciones se contentan con tener un aire de familia.

¿Qué lugar ocupan en la historia de la escritura hispanoamericana? Sin duda ocupan un lugar relevan-

te, pues contamos con una tradición que empieza a ser reconocida cuando se publican los textos de Macedonio Fernández y Julio Torri en la segunda década del siglo XX. Muchos de los más importantes escritores hispanoamericanos han producido textos ultracortos cuyos rasgos comunes son el humor, la ironía y la hibridación de los géneros literarios y extraliterarios.

¿Por qué surge ahora este interés por la minificción? Tal vez por el ritmo vertiginoso de la vida cotidiana urbana; por la brevedad de los espacios marginales en las revistas y los suplementos culturales; por la proliferación de becas, premios y talleres literarios; por la naturaleza fragmentaria de la escritura en los medios electrónicos y, más que nada, por la paradójica sensibilidad neobarroca, próxima a la violencia del detalle repentino, irónico y parabólico que encontramos en otros terrenos del arte contemporáneo.

¿Cómo ha sido organizada esta antología? Está dirigida a lectores jóvenes, como una invitación para explorar este género de la escritura. El libro está organizado en dos partes. La primera parte está formada por las primeras ocho secciones, en cada una de las cuales presento una selección de minificciones que han sido tomadas de un mismo libro, y que por lo tanto forman parte de un mismo proyecto literario. En los textos de estos escritores y escritoras se exploran diversas posibilidades narrativas de la experimentación gozosa. Estos fragmentos autónomos incluyen la recreación poética de los mitos fundacionales (Galeano), la fuerza alegórica del poema en prosa (Arreola), la parodia de las fábulas moralizantes

(Monterroso), la explosión intertextual de imágenes oníricas (Shua), la irrupción de lo extraordinario en la rutina cotidiana (Valenzuela), la sutil frontera entre lo deseado y lo tangible (Garrido), los juegos poéticos a partir de una tradición popular (Mejía Valera) y la descripción humorística de enfermedades imaginarias (Britto).

En la segunda parte del libro presento seis secciones con seis o cuatro minificciones de diversos autores cada una. Aquí los minitextos están aglutinados alrededor de varias posibilidades temáticas: universos creados por la palabra, historias de amor evocadas en pocas líneas, retratos de personajes ficcionales, variaciones sobre un tema mítico, réplicas de cuentos escritos con anterioridad y relatos acerca de la escritura de historias. En este contexto es necesario reconocer que "El dinosaurio" de Augusto Monterroso es probablemente el cuento más breve y famoso del mundo (o al menos el que ha generado más comentarios, análisis, imitaciones y homenajes). Mientras algunos lectores han propuesto adaptarlo al cine o convertirlo en ópera, su autor insiste en que se trata de una novela, a pesar de contar con sólo siete palabras.

Los lectores podrán encontrar aquí formas diversas de lo breve. En esta compilación es posible reconocer la existencia de tres tipos de minificción:

a) Los *minicuentos* o cuentos ultracortos tienen una estructura lógica y secuencial y concluyen con una sorpresa; éstas son las minificciones *clásicas*; estos cuentos han sido o podrían ser adaptados al cine de cortísimo metraje ("Lingüistas", "Visión de reojo", "Actores", "Cada mujer: un museo", "Fin"); sin embargo, no siempre tienen la estructura de los cuentos de extensión convencional, es decir, no sólo son cuentos muy pequeños, sino que además suelen concluir con una broma o con una paradoja.

b) Los *micro-relatos* o relatos ultracortos tienen un sentido alegórico y un tono irónico; éstas son las minificciones *modernas*, que pueden llegar a no contener una historia, sino una parodia de historia ("Subraye las palabras adecuadas", "Diálogo amoroso") o el mero final de una historia ("El dinosaurio" o la serie de los Garabatos) o una viñeta sin inicio ni final (Shua, Valenzuela, "Pasear al perro", "Ella parpadea") o un aforismo ("Escribir", "Confesión esdrújula") o diversos juegos de carácter alegórico (como los contenidos en las secciones Universos, Sirenas y Retratos).

c) Las *minificciones híbridas* conservan rasgos clásicos y modernos, es decir, yuxtaponen elementos de minicuentos y micro-relatos; éstas son las minificciones *posmodernas*, como es el caso de las Fábulas de Augusto Monterroso (cuya indeterminación está mezclada con las referencias a otros textos), los relatos de Eduardo Galeano (donde se integran mito, tradición oral y fuentes documentales), las parábolas del Bestiario de Juan José Arreola (donde se mezclan ensayo, narración y poema en prosa) y las Adivinanzas de Manuel Mejía Valera (donde se parodia el juego infantil como vehículo del poema en prosa).

En el caso de los micro-relatos tal vez merecen atención especial algunas variantes que ya empiezan a crear su propia tradición dentro de la minificción.

Éste es el caso de los inesperados *juegos de lenguaje* ("Todo lo contrario", "Muerte de un rimador", "Confesión esdrújula"), los *sobreentendidos* ("Nuevas formas de locura", "Este tipo es una mina", "Zoología fantástica", "Diálogo amoroso", "Almohada") y las *variaciones intertextuales*, cuyo sentido depende del conocimiento literario del lector ("Penélope", "Lobo", "Despiértese", "La culta dama", "Las mariposas volaban" y la mayor parte de las minificciones incluidas en esta antología).

Este proyecto editorial se inició con dos series de ocho minificciones cada una: el Breve Manual de Instrucciones escrito por Julio Cortázar y una serie de Animales Imaginarios tomados del *Manual de zoología fantástica* de Jorge Luis Borges. Sin embargo, diversas contingencias impidieron que estos textos quedaran incluidos en este volumen. Entre muchos otros escritores cuyas minificciones están ausentes es conveniente mencionar a Oliverio Girondo, Enrique Anderson Imbert, René Avilés Fabila, Alejandra Pizarnik y Guillermo Cabrera Infante, los cuales sin duda podrían formar parte de un segundo volumen de minificciones.

En síntesis, los textos incluidos en esta antología permiten apreciar las principales características de la prestigiosa minificción hispanoamericana. Algunos minitextos tienen un notable valor *poético* (Arreola, Galeano, Mejía Valera). Otros tienen un claro sentido del *humor* (Britto García, Shua, De la Borbolla) o de la *ironía* (Monterroso, Valenzuela). Y en el resto se exploran otras posibilidades de la prosa breve, como la *alegoría* (Garrido), la *metaficción* y la *parodia*.

En conjunto, los textos de los 32 autores y autoras reunidos en este volumen, provenientes de Argentina, Colombia, Ecuador, Guatemala, México, Perú, Uruguay y Venezuela, muestran la riqueza literaria de la minificción en nuestra lengua. Por esta necesaria diversidad, por su natural brevedad, por las formas de complicidad que provoca en sus lectores, por su sentido del humor y por su fractalidad, fugacidad y virtualidad, la minificción se está convirtiendo de manera vertiginosa en uno de los géneros de la escritura más característicos del tercer milenio. Bienvenidos al presente.

Lauro Zavala
Universidad Autónoma Metropolitana
Xochimilco, Ciudad de México

Minibiografía del minicuento
Óscar de la Borbolla

Como no nacemos sabiendo, ni el saber nos viene en la memoria genética, es forzoso que haya en nuestro pasado una etapa cuando nada sabíamos acerca de algo. Por lo regular, solemos olvidar ese tiempo y vivimos con la vaga impresión de que desde siempre fuimos como somos ahora. Para ilustrar esta idea, he de decir que yo casi no puedo imaginarme cómo fue que aprendí a leer, no soy capaz de verme en esos años párvulos ante el tapiz indescifrable de las letras de un libro, ni dibujando mil veces con la mano crispada mis primeras vocales. Sin embargo, así debió de ser, pues nadie sale del analfabetismo sin emprender titánicos esfuerzos.

No obstante, mientras que hay muchas experiencias cuyo origen en mí se ha borrado, hay otras que tengo perfectamente bien fechadas: recuerdo, como si hubiese sido ayer, mi primer coito, mi primer romance, el primer golpe que me hizo rodar inconsciente en medio del griterío y las burlas de mis compañeros de la escuela primaria. Con esta nitidez guardo el recuerdo de mi primer contacto con el minicuento. Ocurrió en mi pubertad, cuando mi carácter retraído y huraño me aislaba de la gente y me lanzaba no a las autistas pantallas de los videojuegos de hoy —esos escapes no existían entonces—, sino a las calzadas de los cementerios, al laberinto de tumbas que hay en los panteones, pues era un púber romántico que, con un libro bajo el brazo, se perdía entre las criptas en busca de un sauce que diera sombra a su lectura. Y una tarde, me instalé bajo un pirul que salpicaba las páginas de mi libro con su viscosa savia. Harto de la llovizna vegetal, me levanté y descubrí el minicuento: los mejores minicuentos, la antología más maravillosa de minicuentos. No me refiero —y no se me tome a mal— a los escritos por Monterroso ni a los poemínimos de Huerta, que sin duda son espléndidos, sino a los minicuentos perpetrados por los primeros minicuentistas, por los verdaderos inventores del género, es decir, a los minicuentos que figuran en la mayoría de las lápidas: a los epitafios: "1919-1958, mamita: tus hijos te extrañan", o aquel otro, más lacónico aún que decía: "Sin ti no vivo, Pepe".

Me encantaba caminar por el panteón de Dolores, sentir con los dedos los surcos empolvados de las letras labradas en las placas de mármol, la frialdad habladora del granito. Entonces no sabía, por supuesto, que esas brevísimas historias constituían un género literario; pero sí sabía que eran frases sentidas que resumían vidas enteras y me dedicaba a expandirlas, a desenvolver con la imaginación los detalles omitidos por los redactores, y de un simple epitafio generaba una novela completa: tres o cuatro horas frente a cualquiera de esas frases me permitían comprender lo que sólo la buena literatura nos entrega: la alegre certeza de que existen muchas vidas y la trágica evidencia de que todas son truncadas por la muerte.

Mis paseos por los cementerios hicieron de mí un turista de la muerte, un intruso de los dramas ajenos, pues a veces me tocaban tumbas frescas y, al mezclarme entre los deudos, llegaba a conocer a los personajes llorosos que luego, pasadas las semanas, estarían con sus nombres en los epitafios, en los nuevos, recién publicados, minicuentos. Estos contactos no siempre me gustaban, pues era como si primero hubiese visto la película y luego leído la novela y, como se comprenderá fácilmente, no siempre es la mejor forma de acercarse a una historia. Prefiero el escueto epitafio al vivo drama familiar *in extenso*.

La vida puede tener mucha paja, en cambio la literatura es por fuerza sintética. Ahora sé que el resumen se logra mediante la elipsis, que para cargar de asunto las palabras es necesario suprimir esa necia y sosa infinidad de detalles que sobran, y sé que el minicuento es el fruto de la máxima elipsis. Esto lo aprendí no en los libros, sino en los cementerios, pues la muerte es la elipsis por antonomasia, la que suprime en serio, y por ello suelen ser tan serios y tan elípticos los epitafios. Así, nada tiene de extraño que el minicuento haya surgido emparentado con la muerte y que los panteones de todo el mundo sean insuperables antologías del minicuento.

Ahora, para terminar, voy a ofrecerles, en primer término, el mejor minicuento que conozco, en segundo, el más famoso y, finalmente, uno hecho por mí para esta ocasión y que, espero, sea el definitivamente más corto de cuantos puedan inventarse:

El mejor minicuento que he leído está en una lápida del Panteón Jardín: consta de una sola palabra, pero es una palabra que resume la vida de varios personajes, que muestra la pasión, los disgustos, los desgarramientos, la traición, los celos, la decepción, la rabia. Sobre una sobria piedra negra puede leerse esta hondísima historia: "Desgraciada".

El más famoso minicuento forma parte de la literatura épica y está armado con narrador autodiegético: es la archiconocida frase dicha por César al vencer a Farnaces: "*Veni, vidi, vici*". Aclaro que César la compuso con cabal conciencia y con una plena intención de síntesis, pues buscaba informar al Senado, con una historia rápida, la rapidez de su victoria.

El minicuento más breve posible empecé a componerlo en mi perdida pubertad de paseante de panteones, en los tiempos cuando descubrí mi vocación literaria y filosófica. En él se resumen no sólo mis dudas ante la vida y la muerte, sino la incertidumbre universal del hombre ante el destino. Este minicuento dice exclusivamente: "¿Y?"

Eduardo Galeano

Los orígenes

El tiempo

El tiempo de los mayas nació y tuvo nombre cuando no existía el cielo ni había despertado todavía la tierra.

Los días partieron del oriente y se echaron a caminar.

El primer día sacó de sus entrañas al cielo y a la tierra.

El segundo día hizo la escalera por donde baja la lluvia.

Obras del tercero fueron los ciclos de la mar y de la tierra y la muchedumbre de las cosas.

Por voluntad del cuarto día, la tierra y el cielo se inclinaron y pudieron encontrarse.

El quinto día decidió que todos trabajaran.

Del sexto salió la primera luz.

En los lugares donde no había nada, el séptimo día puso tierra. El octavo clavó en la tierra sus manos y sus pies.

El noveno día creó los mundos inferiores. El décimo día destinó los mundos inferiores a quienes tienen veneno en el alma.

Dentro del sol, el undécimo día modeló la piedra y el árbol.

Fue el duodécimo quien hizo el viento. Sopló viento y lo llamó espíritu, porque no había muerte dentro de él.

El decimotercer día mojó la tierra y con barro amasó un cuerpo como el nuestro.

Así se recuerda en Yucatán.

Las nubes

Nube dejó caer una gota de lluvia sobre el cuerpo de una mujer. A los nueve meses, ella tuvo mellizos.

Cuando crecieron, quisieron saber quién era su padre.

—Mañana por la mañana —dijo ella—, miren hacia el oriente. Allá lo verán, erguido en el cielo como una torre.

A través de la tierra y del cielo, los mellizos caminaron en busca de su padre.

Nube desconfió y exigió:

—Demuestren que son mis hijos.

Uno de los mellizos envió a la tierra un relámpago. El otro, un trueno. Como Nube todavía dudaba, atravesaron una inundación y salieron intactos.

Entonces Nube les hizo un lugar a su lado, entre sus muchos hermanos y sobrinos.

La selva

En medio de un sueño, el Padre de los indios uitotos vislumbró una neblina fulgurante. En aquellos vapores palpitaban musgos y líquenes y resonaban silbidos de vientos, pájaros y serpientes.

El Padre pudo atrapar la neblina y la retuvo con el hilo de su aliento. La sacó del sueño y la mezcló con tierra.

Escupió varias veces sobre la tierra neblinosa. En el torbellino de espuma se alzó la selva, desplegaron los árboles sus copas enormes y brotaron las frutas y las flores. Cobraron cuerpo y voz, en la tierra empapada, el grillo, el mono, el tapir, el jabalí, el tatú, el ciervo, el jaguar y el oso hormiguero. Surgieron en el aire el águila real, el guacamayo, el buitre, el colibrí, la garza blanca, el pato, el murciélago... La avispa llegó con mucho ímpetu. Dejó sin rabo a los sapos y a los hombres y después se cansó.

El maíz

Los dioses hicieron de barro a los primeros mayas-quichés. Poco duraron. Eran blandos, sin fuerza; se desmoronaron antes de caminar.

Luego probaron con la madera. Los muñecos de palo hablaron y anduvieron, pero eran secos: no tenían sangre ni sustancia, memoria ni rumbo. No sabían hablar con los dioses, o no encontraban nada que decirles.

Entonces los dioses se hicieron de maíz a las madres y a los padres. Con maíz amarillo y maíz blanco amasaron su carne.

Las mujeres y los hombres de maíz veían tanto como los dioses. Su mirada se extendía sobre el mundo entero.

Los dioses echaron un vaho y les dejaron los ojos nublados para siempre, porque no querían que las personas vieran más allá del horizonte.

La conciencia

Cuando bajaban las aguas del Orinoco, las piraguas traían a los caribes con sus hachas de guerra.

Nadie podía con los hijos del jaguar. Arrasaban las aldeas y hacían flautas con los huesos de sus víctimas.

A nadie temían. Solamente les daba pánico un fantasma que había brotado de sus propios corazones.

Él los esperaba, escondido tras los troncos. Él les rompía los puentes y les colocaba al paso las lianas enredadas que los hacían tropezar. Viajaba de noche; para despistarlos, pisaba al revés. Estaba en el cerro que desprendía la roca, en el fango que se hundía bajo los pies, en la hoja de la planta venenosa y en el roce de la araña. Él los derribaba soplando, les metía la fiebre por la oreja y les robaba la sombra.

No era el dolor, pero dolía. No era la muerte, pero mataba. Se llamaba Kanaima y había nacido entre los vencedores para vengar a los vencidos.

El lenguaje

El Padre Primero de los guaraníes se irguió en la oscuridad, iluminado por los reflejos de su propio corazón, y creó las llamas y la tenue neblina. Creó el amor, y no tenía a quién dárselo. Creó el lenguaje, pero no había quién lo escuchara.

Entonces encomendó a las divinidades que construyeran el mundo y que se hicieran cargo del fuego, la niebla, la lluvia y el viento. Y les entregó la música y las palabras del himno sagrado, para que dieran vida a las mujeres y a los hombres.

Así el amor se hizo comunión, el lenguaje cobró vida y el Padre Primero redimió su soledad. Él acompaña a los hombres y las mujeres que caminan y cantan:

Ya estamos pisando esta tierra,
ya estamos pisando esta tierra reluciente.

La música

Mientras el espíritu Bopé-joku silbaba una melodía, el maíz se alzaba desde la tierra, imparable, luminoso, y ofrecía mazorcas gigantes, hinchadas de granos.

Una mujer estaba recogiéndolas de mala manera. Al arrancar brutalmente una mazorca, la lastimó. La mazorca se vengó hiriéndole la mano. La mujer insultó a Bopé-joku y maldijo su silbido.

Cuando Bopé-joku cerró sus labios, el maíz se marchitó y se secó.

Nunca más se escucharon los alegres silbidos que hacían brotar los maizales y les daban vigor y hermosura. Desde entonces, los indios bororos cultivan el maíz con pena y trabajo y cosechan frutos mezquinos.

Silbando se expresan los espíritus. Cuando los astros aparecen en la noche, los espíritus los saludan así. Cada estrella responde a un sonido, que es su nombre.

El amor

En la selva amazónica, la primera mujer y el primer hombre se miraron con curiosidad. Era raro lo que tenían entre las piernas.

—¿Te han cortado? —preguntó el hombre.

—No —dijo ella—. Siempre he sido así.

Él la examinó de cerca. Se rascó la cabeza. Allí había una llaga abierta. Dijo:

—No comas yuca, ni plátanos, ni ninguna fruta que se raje al madurar. Yo te curaré. Échate en la hamaca y descansa.

Ella obedeció. Con paciencia tragó los menjunjes de hierbas y se dejó aplicar las pomadas y los ungüentos. Tenía que apretar los dientes para no reírse, cuando él le decía:

—No te preocupes.

El juego le gustaba, aunque ya empezaba a cansarse de vivir en ayunas y tendida en una hamaca. La memoria de las frutas le hacía agua la boca.

Una tarde, el hombre llegó corriendo a través de la floresta. Daba saltos de euforia y gritaba:

—¡Lo encontré! ¡Lo encontré!

Acababa de ver al mono curando a la mona en la copa de un árbol.

—Es así —dijo el hombre, aproximándose a la mujer.

Cuando terminó el largo abrazo, un aroma espeso, de flores y frutas, invadió el aire. De los cuerpos, que yacían juntos, se desprendían vapores y fulgores jamás vistos, y era tanta su hermosura que se morían de vergüenza los soles y los dioses.

Juan José Arreola

Bestiario

El hipopótamo

Jubilado por la naturaleza y a falta de pantano a su medida, el hipopótamo se sumerge en el hastío.

Potentado biológico, ya no tiene qué hacer junto al pájaro, la flor y la gacela. Se aburre enormemente y se queda dormido a la orilla de su charco, como un borracho junto a la copa vacía, envuelto en su capote colosal.

Buey neumático, sueña que pace otra vez las praderas sumergidas en el remanso, o que sus toneladas flotan plácidas entre nenúfares. De vez en cuando se remueve y resopla, pero vuelve a caer en la catatonia de su estupor. Y si bosteza, las mandíbulas disformes añoran y devoran largas etapas de tiempo abolido.

¿Qué hacer con el hipopótamo, si ya sólo sirve como draga y aplanadora de los terrenos palustres, o como pisapapeles de la historia? Con esa masa de arcilla original dan ganas de modelar una nube de pájaros, un ejército de ratones que la distribuyan por el bosque, o dos o tres bestias medianas, domésticas y aceptables. Pero no. El hipopótamo es como es y así se reproduce: junto a la ternura hipnótica de la hembra reposa el bebé sonrosado y monstruoso.

Finalmente, ya sólo nos queda hablar de la cola del hipopótamo, el detalle amable y casi risueño que se ofrece como único asidero posible. Del rabo corto, grueso y aplanado que cuelga como una aldaba, como el badajo de la gran campana material. Y que está historiado con finas crines laterales, borla suntuaria entre el doble cortinaje de las ancas redondas y majestuosas.

El bisonte

Tiempo acumulado. Un montículo de polvo impalpable y milenario; un reloj de arena, una morrena viviente: esto es el bisonte en nuestros días.

Antes de ponerse en fuga y dejarnos el campo, los animales embistieron por última vez, desplegando la manada de bisontes como un ariete horizontal. Pues evolucionaron en masas compactas, parecían modificaciones de la corteza terrestre con ese aire individual de pequeñas montañas; o una tempestad al ras del suelo por su aspecto de nubarrones.

Sin dejarse arrebatar por esa ola de cuernos, de pezuñas y de belfos, el hombre emboscado arrojó flecha tras flecha y cayeron uno por uno los bisontes. Un día se vieron pocos y se refugiaron en el último redil cuaternario.

Con ellos se firmó el pacto de paz que fundó nuestro imperio. Los recios toros vencidos nos entregaron el orden de los bovinos con todas sus reservas de carne y leche. Y nosotros les pusimos el yugo además.

De esta victoria a todos nos ha quedado un galardón: el último residuo de nuestra fuerza corporal, es lo que tenemos de bisonte asimilado.

Por eso, en señal de respetuoso homenaje, el primitivo que somos todos hizo con la imagen del bisonte su mejor dibujo de Altamira.

El carabao

Frente a nosotros el carabao repasa interminablemente, como Confucio y Laotsé, la hierba frugal de unas cuantas verdades eternas. El carabao, que nos obliga a aceptar de una vez por todas la raíz oriental de los rumiantes.

Se trata simplemente de toros y de vacas, es cierto, y poco hay en ellos que justifique su reclusión en las jaulas de un parque zoológico. El visitante suele pasar de largo ante su estampa casi doméstica, pero el observador atento se detiene al ver que los carabaos parecen dibujados por Utamaro.

Y medita: mucho antes de las hordas capitaneadas por el Can de los Tártaros, las llanuras de occidente fueron invadidas por inmensos tropeles de bovinos. Los extremos de ese contingente se incluyeron en el nuevo paisaje, perdiendo poco a poco las características que ahora nos devuelve la contemplación del carabao: anguloso desarrollo de los cuartos traseros y profunda implantación de la cola, final de un espinazo saliente que recuerda la línea escotada de las pagodas; pelaje largo y lacio; estilización general de la figura que se acerca un tanto al reno y al okapi. Y sobre todo los cuernos, ya francamente de búfalo: anchos y aplanados en las bases casi unidas sobre el testuz, descienden luego a los lados en una doble y amplia curvatura que parece escribir en el aire la redonda palabra *carabao*.

La cebra

La cebra toma en serio su vistosa apariencia, y al saberse rayada se entigrece.

Presa en su enrejado lustroso vive en la cautividad galopante de una libertad mal entendida: *Non serviam*, declara con orgullo su indómito natural. Abandonando cualquier intento de sujeción, el hombre quiso disolver el elemento indócil de la cebra, sometiéndola a viles experiencias de cruza con asnos y caballos. Todo en vano. Las rayas y la condición arisca no se borran en cebrinos ni en cébrulas.

Con el onagro y el cuaga, la cebra se complace invalidando la posesión humana del orden de los equinos. ¿Cuántos hermanos del perro se nos quedaron ya para siempre, insumisos, con oficios de lobo, de protelo y de coyote?

Limitémonos pues a contemplar a la cebra. Nadie ha llevado a tales extremos la posibilidad de henchir satisfactoriamente una piel. Golosas, las cebras devoran llanuras de pasto africano, a sabiendas de que ni el corcel árabe ni el pura sangre pueden llegar a semejante redondez de las ancas ni a igual finura de cabos. Sólo el caballo *Przewalski*, modelo superviviente del arte rupestre, alude un poco al rigor formal de la cebra.

Insatisfechas de su clara distinción espacial, las cebras practican todavía su gusto sin límites por las variantes individuales, y no hay una sola que tenga las mismas rayas de la otra. Anónimas y solípedas, pasean la enorme impronta digital que las distingue: todas cebradas, pero cada una a su manera.

Es cierto que muchas cebras aceptan de buen grado dar dos o tres vueltas en la pista del circo infantil. Pero no es menos cierto también que, fieles al espíritu de la especie, lo hacen siguiendo un principio de altiva ostentación.

La jirafa

Al darse cuenta de que había puesto demasiado altos los frutos de un árbol predilecto, Dios no tuvo más remedio que alargar el cuello de la jirafa.

Cuadrúpedos de cabeza volátil, las jirafas quisieron ir por encima de su realidad corporal y entraron resueltamente al reino de las desproporciones. Hubo que resolver para ellas algunos problemas biológicos que más parecen de ingeniería y de mecánica: un circuito nervioso de doce metros de largo; una sangre que se eleva contra la ley de la gravedad mediante un corazón que funciona como bomba de pozo profundo; y todavía, a estas alturas, una lengua eyéctil que va más arriba, sobrepasando con veinte centímetros el alcance de los belfos para roer los pimpollos como una lima de acero.

Con todos sus derroches de técnica, que complican extraordinariamente su galope y sus amores, la jirafa representa mejor que nadie los devaneos del espíritu: busca en las alturas lo que otros encuentran al ras del suelo.

Pero como finalmente tiene que inclinarse de vez en cuando para beber el agua común, se ve obligada a desarrollar su acrobacia al revés. Y se pone entonces al nivel de los burros.

Aves acuáticas

Por el agua y en la orilla, las aves acuáticas pasean: mujeres tontas que llevaran con arrogancia unos ridículos atavíos. Aquí todos pertenecen al gran mundo, con zancos o sin ellos, y todos llevan guantes en las patas.

El pato golondrino, el cucharón y el tepalcate lucen en las plumas un esplendor de bisutería. El rojo escarlata, el azul turquesa, el armiño y el oro se prodigan en juegos de tornasol. Hay quien los lleva todos juntos en la ropa y no es más que una gallareta banal, un bronceado corvejón que se nutre de pequeñas putrefacciones y que traduce en gala sus pesquisas de aficionado al pantano.

Pueblo multicolor y palabreo donde todos graznan y nadie se entiende. He visto al gran pelícano disputando con el ansarón una brizna de paja. He oído a las gansas discutir interminablemente acerca de nada, mientras los huevos ruedan sobre el suelo y se pudren bajo el sol, sin que nadie se tome el trabajo de empollarlos. Hembras y machos vienen y van por el salón, apostando a quién lo cruza con más contoneo. Impermeables a más no poder, ignoran la realidad del agua en que viven.

Los cisnes atraviesan el estanque con vulgaridad fastuosa de frases hechas, aludiendo a nocturno y a plenilunio bajo el sol del mediodía. Y el cuello metafórico va repitiendo siempre el mismo plástico estribillo... Por lo menos hay uno negro que se distingue: flota al garete junto a la orilla, llevando en una cesta de plumas la serpiente de su cuello dormido.

Entre toda esta gente, salvemos a la garza, que nos acostumbra a la idea de que sólo sumerge en el lodo una pata, alzada con esfuerzo de palafito ejemplar. Y que a veces se arrebuja y duerme bajo el abrigo de sus plumas ligeras, pintadas una a una por el japonés minucioso y amante de los detalles. A la garza que no cae en la tentación del cielo inferior, donde le espera un lecho de arcilla y podredumbre.

Camélidos

El pelo de la llama es de impalpable suavidad, pero sus tenues guedejas están cinceladas por el duro viento de las montañas, donde ella se pasea con arrogancia, levantando el cuello esbelto para que sus ojos se llenen de lejanía, para que su fina nariz absorba todavía más alto la destilación suprema del aire enrarecido.

Al nivel del mar, apegado a una superficie ardorosa, el camello parece una pequeña góndola de asbesto que rema lentamente y a cuatro patas el oleaje de la arena, mientras el viento desértico golpea el macizo velamen de sus jorobas.

Para el que tiene sed, el camello guarda en sus entrañas rocosas la última veta de humedad; para el solitario, la llama afelpada, redonda y femenina, finge los andares y la gracia de una mujer ilusoria.

Cérvidos

Fuera del espacio y del tiempo, los ciervos discurren con veloz lentitud y nadie sabe dónde se ubican mejor, si en la inmovilidad o en el movimiento que ellos combinan de tal modo que nos vemos obligados a situarlos en lo eterno.

Inertes o dinámicos, modifican continuamente el ámbito natural y perfeccionan nuestras ideas acerca del tiempo, el espacio y la traslación de los móviles. Hechos a propósito para solventar la antigua paradoja, son a un tiempo Aquiles y la tortuga, el arco y la flecha: corren sin alcanzarse; se paran y algo queda siempre fuera de ellos galopando.

El ciervo, que no puede estarse quieto, avanza como una aparición, ya sea entre los árboles reales o desde un boscaje de leyenda: Venado de San Huberto que lleva una cruz entre los cuernos o cierva que amamanta a Genoveva de Brabante. Donde quiera que se encuentren, el macho y la hembra componen la misma pareja fabulosa.

Pieza venatoria por excelencia, todos tenemos la intención de cobrarla, aunque sea con la mirada. Y si Juan de Yepes nos dice que fue tan alto, tan alto que le dio a la caza alcance, no se está refiriendo a la paloma terrenal sino al ciervo profundo, inalcanzable y volador.

Augusto Monterroso

Fábulas

La Rana que quería ser
una Rana auténtica

Había una vez una Rana que quería ser una Rana auténtica, y todos los días se esforzaba en ello.

Al principio se compró un espejo en el que se miraba largamente buscando su ansiada autenticidad.

Unas veces parecía encontrarla y otras no, según el humor de ese día o de la hora, hasta que se cansó de esto y guardó el espejo en un baúl.

Por fin pensó que la única forma de conocer su propio valor estaba en la opinión de la gente, y comenzó a peinarse y a vestirse y a desvestirse (cuando no le quedaba otro recurso) para saber si los demás la aprobaban y reconocían que era una Rana auténtica.

Un día observó que lo que más admiraban de ella era su cuerpo, especialmente sus piernas, de manera que se dedicó a hacer sentadillas y a saltar para tener unas ancas cada vez mejores, y sentía que todos la aplaudían.

Y así seguía haciendo esfuerzos hasta que, dispuesta a cualquier cosa para lograr que la consideraran una Rana auténtica, se dejaba arrancar las ancas, y los otros se las comían, y ella todavía alcanzaba a oír con amargura cuando decían que qué buena Rana, que parecía Pollo.

El Espejo que no podía dormir

Había una vez un Espejo de mano que cuando se quedaba solo y nadie se veía en él se sentía de lo peor, como que no existía, y quizá tenía razón; pero los otros espejos se burlaban de él, y cuando por las noches los guardaban en el mismo cajón del tocador dormían a pierna suelta satisfechos, ajenos a la preocupación del neurótico.

El Rayo que cayó dos veces
en el mismo sitio

Hubo una vez un Rayo que cayó dos veces en el mismo sitio; pero encontró que ya la primera había hecho suficiente daño, que ya no era necesario, y se deprimió mucho.

La tela de Penélope,
o quién engaña a quién

Hace muchos años vivía en Grecia un hombre llamado Ulises (quien a pesar de ser bastante sabio era muy astuto), casado con Penélope, mujer bella y singularmente dotada cuyo único defecto era su desmedida afición a tejer, costumbre gracias a la cual pudo pasar sola largas temporadas.

Dice la leyenda que en cada ocasión en que Ulises con su astucia observaba que a pesar de sus prohibiciones ella se disponía una vez más a iniciar uno de sus interminables tejidos, se le podía ver por las noches preparando a hurtadillas sus botas y una buena barca, hasta que sin decirle nada se iba a recorrer el mundo y a buscarse a sí mismo.

De esta manera ella conseguía mantenerlo alejado mientras coqueteaba con sus pretendientes, haciéndoles creer que tejía mientras Ulises viajaba y no que Ulises viajaba mientras ella tejía, como pudo haber imaginado Homero, que, como se sabe, a veces dormía y no se daba cuenta de nada.

El Perro que deseaba
ser un ser humano

En la casa de un rico mercader de la Ciudad de México, rodeado de comodidades y de toda clase de máquinas, vivía no hace mucho tiempo un Perro al que se le había metido en la cabeza convertirse en un ser humano, y trabajaba con ahínco en esto.

Al cabo de varios años, y después de persistentes esfuerzos sobre sí mismo, caminaba con facilidad en dos patas y a veces sentía que estaba ya a punto de ser un hombre, excepto por el hecho de que no mordía, movía la cola cuando encontraba a algún conocido, daba tres vueltas antes de acostarse, salivaba cuando oía las campanas de la iglesia, y por las noches se subía a una barda a gemir viendo largamente a la luna.

La Fe y las montañas

Al principio la Fe movía montañas sólo cuando era absolutamente necesario, con lo que el paisaje permanecía igual a sí mismo durante milenios.

Pero cuando la Fe comenzó a propagarse y a la gente le pareció divertida la idea de mover montañas, éstas no hacían sino cambiar de sitio, y cada vez era más difícil encontrarlas en el lugar en que uno las había dejado la noche anterior; cosa que por supuesto creaba más dificultades que las que resolvía.

La buena gente prefirió entonces abandonar la Fe y ahora las montañas permanecen por lo general en su sitio.

Cuando en la carretera se produce un derrumbe bajo el cual mueren varios viajeros, es que alguien, muy lejano o inmediato, tuvo un ligerísimo atisbo de Fe.

La Oveja negra

En un lejano país existió hace muchos años una Oveja negra.

Fue fusilada.

Un siglo después, el rebaño arrepentido le levantó una estatua ecuestre que quedó muy bien en el parque.

Así, en lo sucesivo, cada vez que aparecían ovejas negras eran rápidamente pasadas por las armas para que las futuras generaciones de ovejas comunes y corrientes pudieran ejercitarse también en la escultura.

El Fabulista y sus críticos

En la selva vivía hace mucho tiempo un Fabulista cuyos criticados se reunieron un día y lo visitaron para quejarse de él (fingiendo alegremente que no hablaban por ellos sino por otros), sobre la base de que sus críticas no nacían de la buena intención sino del odio.

Como él estuvo de acuerdo, ellos se retiraron corridos, como la vez que la Cigarra se decidió y dijo a la Hormiga todo lo que tenía que decirle.

Ana María Shua

La sueñera

Sueño # 1
Ovejas

Para poder dormirme, cuento ovejitas. Las ocho primeras saltan ordenadamente por encima del cerco. Las dos siguientes se atropellan, dándose topetazos. La número once salta más alto de lo debido y baja suavemente, planeando. A continuación saltan cinco vacas, dos de ellas voladoras. Las sigue un ciervo y después otro. Detrás de los ciervos viene corriendo un lobo. Por un momento la cuenta vuelve a regularizarse: un ciervo, un lobo, un ciervo, un lobo. Una desgracia: el lobo número treinta y dos me descubre por el olfato. Inicio rápidamente la cuenta regresiva. Cuando llegue a uno, ¿logrará despertarme la última oveja?

Sueño # 21
Lobo

Con petiverias, pervincas y espicanardos me entretengo en el bosque. Las petiverias son olorosas, las pervincas son azules, los espicanardos parecen valerianas. Pero pasan las horas y el lobo no viene. ¿Qué tendrá mi abuelita que a mí me falte?

Sueño # 69
Despiértese

Despiértese, que es tarde, me grita desde la puerta un hombre extraño. Despiértese usted, que buena falta le hace, le contesto yo. Pero el muy obstinado me sigue soñando.

Sueño # 74
Almohada

Yo todo lo consulto con mi almohada porque la sé de buen juicio. Ella me escucha en silencio y me responde con sensatez. En la conversación interviene la frazada. (Al final, siempre le hago caso al colchón, que es un irresponsable.)

Sueño # 92
La mujer

Un hombre sueña que ama a una mujer. La mujer huye. El hombre envía en su persecución los perros de su deseo. La mujer cruza un puente sobre un río, atraviesa un muro, se eleva sobre una montaña. Los perros atraviesan el río a nado, saltan el muro y al pie de la montaña se detienen jadeando. El hombre sabe, en su sueño, que jamás en su sueño podrá alcanzarla. Cuando despierta, la mujer está a su lado y el hombre descubre, decepcionado, que ya es suya.

Sueño # 117
Naufragio

¡Arriad el foque!, ordena el capitán. ¡Arriad el foque!, repite el segundo. ¡Orzad a estribor!, grita el capitán. ¡Orzad a estribor!, repite el segundo. ¡Cuidado con el bauprés!, grita el capitán. ¡El bauprés!, repite el segundo. ¡Abatid el palo de mesana!, grita el capitán. ¡El palo de mesana!, repite el segundo. Entretanto, la tormenta arrecia y los marineros corremos de un lado a otro de la cubierta, desconcertados. Si no encontramos pronto un diccionario, nos vamos a pique sin remedio.

Sueño # 240
Disparos

Los hombres salen del *saloon* y se enfrentan en la calle polvorienta, bajo el sol pesado, sus manos muy cerca de las pistoleras. En el velocísimo instante de las armas, la cámara retrocede para mostrar el equipo de filmación, pero ya es tarde: uno de los disparos ha alcanzado a un espectador que muere silencioso en su butaca.

Sueño # 250
Manzana

La flecha disparada por la ballesta precisa de Guillermo Tell parte en dos la manzana que está a punto de caer sobre la cabeza de Newton. Eva toma una mitad y le ofrece la otra a su consorte para regocijo de la serpiente. Es así como nunca llega a formularse la ley de gravedad.

Luisa Valenzuela

Cuentos que no muerden

Este tipo es una mina

No sabemos si fue a causa de su corazón de oro, de su salud de hierro, de su temple de acero o de sus cabellos de plata. El hecho es que finalmente lo expropió el gobierno y lo está explotando. Como a todos nosotros.

Zoología fantástica

Un peludo, un sapo, una boca de lobo. Lejos, muy lejos, aullaba el pampero para anunciar la salamanca. Aquí, en la ciudad, él pidió otro sapo de cerveza y se lo negaron:

—No te servimos más, con el peludo que traés te basta y sobra...

Él se ofendió porque lo llamaron borracho y dejó la cervecería. Afuera, noche oscura como boca de lobo. Sus ojos de lince le hicieron una mala jugada y no vio el coche que lo atropelló de anca. ¡Caracoles! el conductor se hizo el oso. En el hospital, cama como jaula, papagallo. Desde remotas zonas tropicales llegaban a sus oídos los rugidos de las fieras. Estaba solo como un perro y se hizo la del mono para consolarse. ¡Pobre gato!, manso como un cordero pero torpe como un topo. Había sido un pez en el agua, un lirón durmiendo, fumando era un murciélago. De costumbres gregarias, se llamaba León pero los muchachos de la barra le decían Carpincho. El exceso de alpiste fue su ruina. Murió como un pajarito.

Visión de reojo

La verdá, la verdá, me plantó la mano en el culo y yo estaba ya a punto de pegarle cuatro gritos cuando el colectivo pasó frente a una iglesia y lo vi persignarse. Buen muchacho después de todo, me dije. Quizá no lo esté haciendo a propósito o quizá su mano derecha ignora lo que su izquierda hace o. Traté de correrme al interior del coche —porque una cosa es justificar y otra muy distinta es dejarse manosear— pero cada vez subían más pasajeros y no había forma. Mis esguinces sólo sirvieron para que él meta mejor la mano y hasta me acaricie. Yo me movía nerviosa. Él también. Pasamos frente a otra iglesia pero ni se dio cuenta y se llevó la mano a la cara sólo para secarse el sudor. Yo lo empecé a mirar de reojo haciéndome la disimulada, no fuera a creer que me estaba gustando. Imposible correrme y eso que me sacudía. Decidí entonces tomarme la revancha y a mi vez le planté la mano en el culo a él. Pocas cuadras después una oleada de gente me sacó de su lado a empujones. Los que bajaban me arrancaron del colectivo y ahora lamento haberlo perdido así de golpe porque en su billetera sólo había 7,400 pesos de los viejos y más hubiera podido sacarle en un encuentro a solas. Parecía cariñoso. Y muy desprendido.

Confesión esdrújula

Penélope nictálope, de noche tejo redes para atrapar un cíclope.

La cosa

Él, que pasaremos a llamar el sujeto, y quien estas líneas escribe (perteneciente al sexo femenino) que como es natural llamaremos el objeto, se encontraron una noche cualquiera y así empezó la cosa. Por un lado porque la noche es ideal para comienzos y por otro porque la cosa siempre flota en el aire y basta que dos miradas se crucen para que el puente sea tendido y los abismos franqueados.

Había un mundo de gente pero ella descubrió esos ojos azules que quizá —con un poco de suerte— se detenían en ella. Ojos radiantes, ojos como alfileres que la clavaron contra la pared y la hicieron objeto —objeto de palabras abusivas, objeto del comentario crítico de los otros que notaron la velocidad con la que aceptó al desconocido. Fue ella un objeto que no objetó para nada, hay que reconocerlo, hasta el punto que pocas horas más tarde estaba en la horizontal permitiendo que la metáfora se hiciera carne en ella. Carne dentro de su carne, lo de siempre.

La cosa empezó a funcionar con el movimiento de vaivén del sujeto que era de lo más proclive. El objeto asumió de inmediato —casi instantáneamente— la inobjetable actitud mal llamada pasiva que resulta ser de lo más activa, recibiente. Deslizamiento de sujeto y objeto en el mismo sentido, confundidos si se nos permite la paradoja.

Lo crudo y lo cocido

Nuestro Landrú no mata a las mujeres, tan sólo las come con los ojos mientras ellas pasean por la calle Florida. Le resultan así más apetitosas que si estuvieran asadas. No siempre la cocción mejora las vituallas.

Días cuando no pasa nada

Días como noches invertidas, días naranja. Díaz. Lo conocí precisamente en una de esas oportunidades caracol que dan vueltas sobre sí mismas sin llegar a ninguna parte y por eso mismo intenté llamarlo Espiral Díaz. Él objetó al principio diciendo que era nombre de mujer. Dijo: —Se dice la espiral, es nombre de mujer.

De mujer tu abuela, le habría contestado yo de haberme dejado llevar por mis impulsos naturales. Por suerte me contuve porque hubiera sido una forma, si bien un poco críptica, de establecer una tautología. Rápidamente barajé otras figuras y tropos para intentar responderle pero fui descartándolos a todos: pleonasmo no, elipsis no, no litote ni oxímoron ni nada. Simplemente aclaré: se dice *la* para evitar la cacofonía o lo que sea, pero espiral es palabra masculina, como todas las que terminan en *al*: mineral, pedal, fanal, animal. Al decir esta última me arrepentí. Por suerte Díaz era profesor de retórica pero no muy dado a las susceptibilidades (estaba de rechupete). Lo dejó pasar, y como esa tarde se me había dado por mostrarle las piernas dejó pasar otras cosas también. Total (al) que nos hicimos amigos y masqueamigos. Después supe que en realidad se llamaba Floreal y por eso dejó que lo llamara Elespiral, así, masculinizado, en memoria de nuestro primer encuentro y también de ciertos aspectos retorcidos de su carácter.

Escribir

Escribir escribir y escribir sin ton ni son es ejercicio de ablande. En cambio el psicoanálisis no, el psicoanálisis es ejercicio de hablande.

Felipe Garrido

Garabatos

Actores

Señor director:

Me permito dirigirle estas líneas en vista de los acontecimientos de las últimas semanas. Me temo que, a pesar de su gravedad, no han sido debidamente resaltados ante su atención.

Lamento, sin embargo, no hallarme en posibilidad de presentar una relación cronológica de lo sucedido. Le garantizo que la puesta en escena fue debidamente ensayada, los actores conocemos bien nuestros papeles, el elenco fue elegido con el cuidado de costumbre y el público no presentó jamás síntomas que pudieran alarmarnos.

En realidad, la obra corrió por un tiempo sin contratiempos. Luego, no sé en qué momento, esto comenzó a suceder.

Quiero decir que una noche el actor que despierta a mitad del primer acto estaba tan profundamente dormido que no hubo manera de hacerlo reaccionar. Que en la siguiente función los vasos y las botellas estuvieron llenos de ron auténtico y un par de compañeros terminaron debajo de una mesa. Que esta tarde el enfrentamiento a puñetazos con que abre el tercer acto terminó con una nariz fracturada...

Señor director, los actores vamos enloqueciendo. No representamos, vivimos en escena. Atienda mi súplica y remedie esta situación.

Hasta ahora —pero, ¿por cuánto tiempo más?— han sido de salva los tiros con que me suicido en la escena final.

Caricias

—Ganas de morderte —le dijo al oído y ella bajó la mirada: sonrió, quiso hablar de otra cosa, tan cerca de él que más que verlo, lo sintió: su calor, la mezcla de olores que desprendían el cuerpo, el casimir, la loción de maderas; el brazo que le pasaba por la espalda. Intentó echarse hacia atrás para mirarle a los ojos, pero él se los cerró a besos y luego le rozó los labios y ella sintió que se ahogaba y que un fluido tibio la envolvía, que la piel comenzaba a arder, la sangre iba a brotarle por los poros mientras él le besaba las mejillas, las orejas, el mentón, la nariz, y ella gemía o ronroneaba bajito, se atragantaba, se humedecía, y él insistía con la barbilla alzándole la cara, besándole los párpados, los labios empurpurados, la nuca, los hombros, murmurando de nuevo "ganas de morderte", o tal vez sólo pensándolo, pero buscando la forma de ganarle el mentón con la nariz, de empujar hacia arriba mientras ella dejaba caer la cabeza como arrastrada por el peso de la cabellera, entreabría los dientes, asomaba la lengua, emitía un estertor de gozo, exponía el cuello firme y palpitante y él descendía suavemente, abría la boca, clavaba los largos colmillos, sentía escurrir la sangre, ausente del espejo, tembloroso de amor.

La piel

Volver todo a su sitio fue relativamente fácil. Los tendones y los huesos conservaban cierta memoria de su lugar relativo y alguna vocación de orden. Las entrañas, por alteradas que hubiesen estado, hallaron sin esfuerzo un equilibrio aceptable. De acuerdo con su antigua costumbre, la sangre encontró a ciegas caminos conocidos, ritmos habituales, quietudes añejas, sobresaltos cotidianos.

Pero la piel. Tú lo sabes. La piel esa de zafiros, de lirios, de luces que me pusiste, ésa no me la pude quitar.

Vieja costumbre

Fue al borde de la selva, en la torre de piedra, donde los capturaste. Yo vi dos, enredados en tus cabellos, y los puse en libertad. No fue sencillo desprender las alas. Tu risa me hacía pensar en otros lugares, y tenía ganas de besarte. Te consta que no me lo agradecieron. Pero no imaginé la eficacia de tu cabellera. Sólo después, cuando mis dedos entraron en tu nuca y en tus suspiros los vi alzar vuelo: miríadas de miríadas, según la vieja costumbre, inquietos y mofletudos, los ángeles.

La nota

"Hace diez años", pensó cuando vio el libro, sorprendido de encontrarlo allí, tan a la mano. Sospechó que algún secreto movimiento de defensa se lo había escondido.

Tomó el pequeño, gastado volumen de orillas rotas no por el uso, por el peso del tiempo, y lo puso en la mesa. Pasó un largo rato contemplándolo, sin abrirlo, por no leer la trémula dedicatoria. Recobró solamente dos versos que lo habían acompañado desde entonces: "Amar es una seda, la de la llaga que arde sin consumirse ni cerrarse".

Cerró los ojos y recordó cómo el libro le había sido devuelto al día siguiente, apresuradamente, sin explicaciones. Cómo él lo había abandonado, con ganas de perderlo. Nunca hasta ahora lo había vuelto a ver. Lo alzó en la palma de la mano izquierda y lo abrió. Un papel doblado en dos ocultaba su dedicatoria. Lo extendió. Reconoció en seguida los trazos caprichosos. Bajo la fecha inequívoca leyó: "Por favor, búscame el domingo. No me vayas a dejar".

Lluvia

Llueve. Resbala el agua por la ventana. Amanece y la ciudad está quieta. Gris y quieta. Fría y quieta. Yo te recuerdo, cabellos de cobre. Tu frente clara. Tu piel. Tus manos.

Alzo la taza y hundo en ella media cara. Antes de que el vapor me obligue a cerrar los ojos, me veo reflejado en la superficie oscura. Cuando vuelvo a abrirlos, el aguacero ocupa toda la ventana. No hay ya edificios ni árboles ni cables ni camiones. No hay ya ciudad. No hay tampoco amanecer. Esta luz no tiene edad. Yo te recuerdo, voz de arboleda. Tu estatura de durazno florido. Tu paso de estanque, de río. Tus manos.

Alzo una vez más la cafetera y vuelvo a llenar la taza de barro. Me veo de nuevo, en el fondo, antes de que el vapor me haga cerrar los ojos. Yo te recuerdo, sexo de membrillo, de ciruela, de capulín. Tu aliento. Tus manos que me daban forma.

Abro los ojos y me vuelvo de espaldas a la ventana. Te veo dormitar en el sillón, encorvada. Trato ahora de recobrarte. Quiero ahora rescatarte de las muchas lluvias que han resbalado por mi vida y por la tuya. Intento ahora encontrarte en esa otra mujer en que el tiempo y el polvo y la luz te han convertido.

Nunca

—Sin prisa y sin pausa, como un árbol poderoso, así fue creciendo mi amor; hundiendo las raíces hasta la médula; ocupándome con ramas de trayectoria imprevisible; extendiendo el follaje ávidamente; desbordándose en flores. Lo menos que pude, que quise hacer, fue dedicarte la vida. Llevarte puesta como un amuleto. Tocado por tu mirada, convertirme en una llama. No desear otra cosa que vivir cobijado por tu sombra. Estaba dispuesto a cambiarlo todo para acercar mis pasos a los tuyos, para acompasar...

—Nunca te lo ereí.

Dicen

Dicen que lo mira a uno con negros ojos de deseo. Que es morena, de labios gruesos, color de sangre. Que lleva el cabello suelto hasta la cintura.

Dicen que uno tropieza con ella de noche, en los andenes del metro, en alguna estación casi vacía. Que al pasar se vuelve apenas para mirar de soslayo. Que deja en el aire un perfume de prímulas. Que viste blusas de colores vivos y pantalones ajustados; que calza zapatos de tacón alto.

Dicen que camina echando al frente los muslos, con la cabeza erguida. Que quiebra la cintura como si fuera bailando.

Dicen que uno debería estar prevenido, porque no hace ruido al caminar. Que, sin embargo, lo habitual es sucumbir. Seguirla a la calle. Subir tras ella las escaleras.

Dicen que afuera camina más despacio. Que se detiene en algún rincón oscuro. Que no hace falta cruzar palabra. Que no pregunta nada; que no explica nada.

Dicen que la metamorfosis es dolorosa e instantánea. Que por eso en algunas estaciones del metro hay tantos y tantos perros vagando, con la mirada triste, todavía no acostumbrados a su nueva condición.

Manuel Mejía Valera

Adivinanzas

Mancha pura, pedruzco adolescente que brilla en una estrella, busca refugio en la triste fortaleza de la gracia y juega al escondite con remisas estaciones. Calosfrío que provoca el sonrojo del sol, célibe de razón, martiriza el lenguaje en distorsionadas ramas de aire calcinado.

Fatiga un territorio familiar de dioses y, en sus rondas mortecinas de plegaria, a toda lumbre inicia el castigo de luz entre los hombres. Verdinegro sótano, movedizo ojo de niebla mirándose en el oscuro espejo de los girasoles, crucigrama de pulpo del ensueño: desorden único en una brizna de pedrería que se extingue fugaz.

Espacio irreductible en movimiento, sólo unos cuantos perturban su lastimado instante. Unos cuantos a quienes inclementes estrujan los ojos en blanco, cegados por la pétrea congoja de la nieve.

Azoro que apacigua, tiniebla que deslumbra, desnudo que cobija, soledoso recinto, historia desandada, tiempo cercado que mide la envidiosa soledad escondida en un tinajo. Visión que pone boca abajo los universos a su paso y, fuera de quicio, arroja al sueño un barco por la comba de sus velas. Ebrio vino que apresura la libertina redención del hombre.

La poesía

Desordené el Universo. Nací de un ser embriagado en una mueca de hastío y aletargado entre salmos que horadaban la verde tiniebla. Abolí estériles cosechas a la sombra de un manzano, con sólo una astilla de polvo. Mudos vegetales y reptiles rumorosos contemplaron la castidad del acto que nos multiplicó en la lejanía. De no haber sido así, habría naufragado el navío en que navega Dios.

Ignoro si declinó el amanecer o permanece creando la enloquecida efusión de los colores, pues fui piedra de toque de nuestras ansias desterradas tan lejos del principio.

Mostrando gracioso gesto, beso rostros que quisiera ver quemados en la hoguera y propicio nupcias entre los bravos vientos del azoro y los tratos inoportunos del amor.

Alegre, blanda y halagüeña, con inusitada ganancia canjeo lo falso por lo verdadero para destruir indemnes almas en su orfandad de aturdidas mariposas. Conozco el sentido, el sinsentido y su santo y seña radioso.

Mis pasos desvelados se pierden en el laberinto del pensamiento, pero el aroma de la rosa de los vientos es un elogio a mi persona hasta el sinfín de la palabra. Como mi antecesora más lejana, que antes de nacer murió, soy tan vanidosa que mi memoria, hija de mi capricho, afirma que la historia del mundo es el jardín errante que sólo florece errante entre mis brazos.

La mujer

En cierta época, entre solaz pueril, algunos temieron bravamente conocerme, pero la humanidad me busca a trote obstinado desde que irrumpió la primera vertiente de la tarde. La simple sospecha de mi presencia vuelve ardiente el afán de más de un rudo pecho y los sabios, para poseerme, se han enfrentado al nudo gordiano, al nudo corredizo, al nudo en la garganta y a muchos nudos por hora van tras mi sombra, esquiva y dura, que imanta toda pupila abierta.

Alguna vez, los científicos se vinieron abajo, a uno de mis mínimos recintos. Ahí, en manos de nadie hallaron el mismísimo nunca en un horrísimo estallido. A partir de entonces, los posee un devorador remordimiento.

Estoy en el meollo del mundo natural y de la historia y, debajo de mí y de mi sombra, hay otros yo mismo quietos, intactos, intocados. Ante la curiosidad de los humanos, ellos se escurren, saltan y evaporan.

Para explicar la insinuación ardiente del Universo, en cuyo seno estoy, las religiones recurren a mí, aunque cambiándome de nombre. Yo acudo con mucha jovialidad y subrayo que, para explicarme a mí mismo y a mis ánimos constantes, no quedo sino yo, mis agradables trampas, mis remotas venturanzas.

Existo cuando estoy preso, pero en libertad me muero.

El misterio

Pasos de atribuladas mañanas y fríos de poblados hervores, la ocultan tras los espejismos del serafín dormido y ciego. Soplo de amargura delante del viento, mullida calma en tropel y dispersión hacia imprevistas aventuras, huellas dispersas en aguas moribundas.

Mensajera ola que deambula por casas desventradas, se nutre de sus deslices, en vano da consuelo a la noche exigente de tan disforme estatura, aligera el caos indigesto de remotos asuntos.

Pero por todas partes aparecen las perturbadoras ráfagas de sus huellas: en la presencia aflictiva de mares deteriorados, en el lento ayer de ancianidades primeras, en vaticinios vagabundos de la convalecencia de un profeta.

De la persistencia del mundo es lo último que se pierde.

La esperanza

¿Quién será? Nació bajo tierra, lejos de la ponzoña viperina de los humanos que chocan entre sí, hierven y se agitan. Todos la reconocen como a una señora muy aseñorada que tiene muchas enaguas sin una puntada. Enaguas color de armiño cruzado por rameados sedosos que le comunican tonos de escarcha amoratada.

En hermoso alarde de humildad, siempre exhibe su vestimenta más usada. No conoce amor ni devaneos y, si pudiera, de modo permanente enseñaría el arrepentimiento a la malicia. Pero los libertinos dicen que, artificiosa, los estimula al comienzo de la noche o en la altísima línea del despertar del alba.

Indispensable asistente a reuniones donde, en medio de vinos capitosos, con vaga lentitud o breves pausas, se fraguan la dulce perdición, una fiera pujanza, el éxito anheloso o, tras profanaciones atrevidas, otras empresas hazañosas.

Contempla con mansedumbre los preparativos para su holocausto. Hombre o mujer, pobres o ricos, cuerdos o poseídos de montaraz locura, quienes la ejecutan ostentan lágrimas como si marcharan a regiones eternales dominados por un contrito desconsuelo.

La cebolla

Lejos de mi hermana gemela, que es mi réplica sin perder tilde ni coma, inútil, soy víctima de las garras inclementes de quienes hurgan en los tachos de basura. Cubrimos zonas habitadas por sueños de gracioso encanto que los adultos codician con estentórea mirada y cuya cercanía hiela el atrevimiento de más de un adolescente en apurado instante.

En los jóvenes despertamos —continente y contenido— ímpetus de volcán que se disipan en coro voluptuoso, en murmurador raudal de elogios.

Acompañantes de mujeres en sus pasos distraídos y en sus malos pasos, nuestro ser empieza en un punto y en un punto ha de acabar. Ni mi hermana gemela ni yo jamás podemos llegar a ser enteras y si ante el oír anhelante de una festiva ocasión, alguien acertara mi nombre, sólo dirá la mitad.

Las medias

Me sitúo en el inicio del origen de las palabras, doy mis alas a las desmesuras del mar, en cuyo centro estoy, y, entre el aire y las plantas, también reposada avanzo.

Cuando soy implacable sonido, me pronuncian con los labios muy abiertos en musitaciones cadenciosas o en el desvarío de puros e intencionados sermones. Si me colocan en el pórtico, llego a ser iniciada negación, hasta el extremo de convertir cualquier creencia en hondor sin pupilas, en apagada huida, en privación absoluta de noche ilusionada.

Razones lastimosas se acercan a mí con mortal presteza y no parando mi ambición en dudas, llana y despejada, me encamino hacia la verdad y ahí estallo sin ruido.

Comienzo literal de grandes plegarias cariñosas y de la más breve queja de placer y de dolor, pecaminosa como en tantas ocasiones, después de haber hecho estragos sobre la tierra en ningún resquicio del mundo estoy.

La letra a

Soy tan sencilla, casi rústica que al sol y a la luna me atrevo a repetir que un corazón es caracol.

Mantengo intrigados a mis lectores que se deleitan entendiendo y averiguando en las esquinas del futuro. Me divierte la diversa pasión de los niños por mis antiguas ambigüedades y nuevas analogías. Y no me arredra el bostezo torpe de los jóvenes que menosprecian la cándida invención de mi palabra.

Mis historias comprenden manuscritos del aire y ámbares parsimoniosos que, adivinos de lluvia, deambulan en los recovecos del idioma.

Yo y mis lectores vamos tomados de la palabra buscando llaves que iluminen el desierto correr de mis preguntas.

Despisto a los oyentes como espigas en los sueños oscuros que van en busca de lágrimas nocturnas entre árboles huraños.

Me es dulce la respuesta correcta, pero sufro si alguien interrumpe la alegre armonía de mi discurso. Aunque arcaica, los términos estrechos de un prematuro acierto —o equívoco— me sacan de quicio y, si esto acontece, dejo a quien me escucha con las manos vacías.

La adivinanza

Luis Britto García

Nuevas formas de locura
Abrapalabra

El complejo de Vitro

El complejo de Vitro ataca fuertemente a los bebés
de probeta, que no pueden dominar sentimientos in-
cestuosos hacia el recipiente que les dio el ser. Dura-
mente reprimidos, estos residuos libidinales afloran
en repentinos enamoramientos que tienen por sujeto
vitrinas, espejos y plantas embotelladoras, acompa-
ñados de sentimientos homicidas hacia los vidrieros,
de quienes sienten celos por su estrecha relación con
el cristal deseado. En su fase de ruptura, el complejo
produce sentimientos cortantes capaces de dejar pro-
fundas heridas. Las caídas y las recaídas producen
estados de fragmentación de la psiquis que son difíciles de recomponer. Estos estados se suceden hasta
que el individuo queda literalmente molido.

El adelanto mental

Mucho peor que el atraso mental, el azote del adelanto mental hace que los niños se anticipen en su cociente de inteligencia y comiencen de una vez a pensar como adultos, lo cual los hace enteramente necios. Un niño atacado de este mal, a los cinco años puede mostrar una edad mental propia de un hombre de cuarenta y cinco —lo que no es decir mucho— y a los nueve una propia de un viejo de noventa, con su correspondiente insistencia en que todo tiempo pasado fue mejor, el vicio de dar consejos, la manía de que lo respeten y otros síntomas de estupidez. En su etapa terminal, las víctimas acaban como políticos o como maestros de juventudes.

El delirio de pequeñeces

Al sufrir la crisis de micromanía, el atacado de delirio de pequeñeces es obsesionado por cuestiones cada vez más insignificantes, como el control de los horarios de trabajo, las normas del vestuario y las cuestiones de estilo. Poseído por ideas progresivamente ínfimas sobre asuntos cada vez más irrelevantes, el paciente se lanza a verdaderos ensueños en los que se representa como totalmente desprovisto de importancia. El rasgo grave del delirio de pequeñeces es que siempre corresponde a la realidad.

La naparoia

Los pacientes atacados de naparoia sienten la extraña sensación de que nadie los persigue, ni está tratando de hacerles daño. Esta situación se agrava a medida que creen percibir que nadie habla de ellos a sus espaldas, ni tiene intenciones ocultas. El paciente de Naparoia finalmente advierte que nadie se ocupa de él en lo más mínimo, momento en el cual no se vuelve a saber más nunca del paciente, porque ni siquiera puede lograr que su siquiatra le preste atención.

La neurororschatitis

El alienado por la neurororschatitis, en lugar de ver las manchas de tinta como si fueran cosas, empieza a ver las cosas como si fueran manchas de tinta. Lo más peligroso de la enfermedad es la fase violenta, cuando el paciente empieza a atacar a todos los demás con líquido borratintas, con el resultado de que los hace desaparecer. En la fase pacífica, arrepentido, se pone a volver a dibujarlos, pero como le quedan tan mal, sufre otro ataque de cólera que lo induce a un nuevo proceso de borramiento. El primer caso de esta enfermedad fue localizado en un lugar de la Mancha.

Libros

Un libro que después de una sacudida confundió todas sus palabras sin que hubiera manera de volverlas a poner en orden.

Un libro cuyo título por pecar de completo comprendía todo el contenido del libro.

Un libro con un tan extenso índice que a su vez éste necesitaba otro índice y a su vez éste otro índice y así sucesivamente.

Un libro que leía los rostros de quienes pasaban sus páginas.

Un libro que contenía uno tras otro todos los pensamientos de un hombre y que para ser leído requería la vida íntegra de un hombre.

Un libro destinado a explicar otro libro destinado a explicar otro libro que a su vez explica al primero.

Un libro que resume un millar de libros y que da lugar a un millar de libros que lo desarrollan.

Un libro que refuta a otro libro en el cual se demuestra la validez del primero.

Un libro que da una tal impresión de realidad que cuando volvemos a la realidad nos da la impresión de que leemos un libro.

Un libro en el cual sólo tiene validez la décima palabra de la página setecientos y todas las restantes han sido escritas para esconder la validez de aquélla.

Un libro cuyo protagonista escribe un libro cuyo protagonista escribe un libro cuyo protagonista escribe un libro.

Un libro, dedicado a demostrar la inutilidad de escribir libros.

Rubén

Traga Rubén no brinques Rubén sóplate Rubén no te orines en la cama Rubén no toques Rubén no llores Rubén estate quieto Rubén no saltes en la cama Rubén no saques la cabeza por la ventanilla Rubén no rompas el vaso Rubén, Rubén no juegues trompo Rubén no faltes al catecismo Rubén no pintes las paredes Rubén di los buenos días Rubén deja el yoyo Rubén no juegues trompo Rubén no faltes al catecismo Rubén amárrate la trenza del zapato Rubén haz las tareas Rubén no rompas los juguetes Rubén reza Rubén no te metas el dedo en la nariz Rubén no juegues con la comida no te pases la vida jugando la vida Rubén.

Estudia Rubén no te jubiles Rubén no fumes Rubén no salgas con tus amigos Rubén no te pelees con tus amigos Rubén, Rubén no te montes en la parrilla de las motos Rubén estudia la química Rubén no trasnoches Rubén no corras Rubén no ensucies tantas camisetas Rubén saluda a la comadre Paulina Rubén no andes en patota Rubén no hables tanto, estudia la matemática Rubén no te metas con la muchacha del servicio Rubén no pongas tan alto el tocadisco Rubén no cantes serenatas Rubén no te pongas de delegado de curso Rubén no te comprometas Rubén no te vayas a dejar raspar Rubén no le respondas a tu padre Rubén, Rubén córtate el pelo, coge ejemplo Rubén.

Rubén no manifiestes, no cantes el Belachao Rubén no protestes a los profesores, no dejes que te metan en la lista negra Rubén, Rubén quita esos afiches del cheguevara, no digas yankis go home Rubén, Rubén no repartas hojitas, no pintes los muros Rubén, no siembres la zozobra en las instituciones Rubén, Rubén no quemes cauchos, no agites Rubén, Rubén no me agonices, no me mortifiques Rubén, Rubén modérate, Rubén compórtate, Rubén aquiétate, Rubén componte.

Rubén no corras Rubén no grites Rubén no brinques Rubén no saltes Rubén no pases frente a los guardias Rubén no enfrentes los policías Rubén no dejes que te disparen Rubén no saltes Rubén no grites Rubén no sangres Rubén no caigas.

No te mueras, Rubén.

Subraye las palabras adecuadas

Una mañana tarde noche el niño joven anciano que estaba moribundo enamorado prófugo confundido sintió las primeras punzadas notas detonaciones reminiscencias sacudidas precursoras seguidoras creadoras multiplicadoras transformadoras extinguidoras de la helada la vacación la transfiguración la acción la inundación la cosecha. Pensó recordó imaginó inventó miró oyó talló cardó concluyó corrigió anudó pulió desnudó volteó rajó barnizó fundió la piedra la esclusa la falleba la red la antena la espita la mirilla la artesa la jarra la podadora la aguja la aceitera la máscara la lezna la ampolla la ganzúa la reja y con ellas atacó erigió consagró bautizó pulverizó unificó roció aplastó creó dispersó cimbró lustró repartió lijó el reloj el banco el submarino el arco el patíbulo el cinturón el yunque el velamen el remo el yelmo el torno el roble el caracol el gato el fusil el tiempo el naipe el torno el vino el bote el pulpo el labio el peplo el yunque, para luego antes ahora después nunca siempre a veces con el pie codo dedo cribarlos fecundarlos omitirlos encresparlos podarlos en el bosque río arenal ventisquero volcán dédalo sifón cueva coral luna mundo viaje día trompo jaula vuelta pez ojo malla turno flecha clavo seno brillo tumba ceja manto flor ruta aliento raya, y así se volvió tierra.

Universos

Alfonso Reyes
La basura

Los Caballeros de la Basura, escoba en ristre, desfilan al son de una campanita, como el Viático en España, acompañando ese monumento, ese carro alegórico donde van juntando los desperdicios de la ciudad. La muchedumbre famularia —mujeres con aire de códice azteca— sale por todas partes, acarreando su tributo en cestas y en botes. Hay un alboroto, un rumor de charla desordenada y hasta un aire carnavalesco. Todos, parece, están alegres; tal vez por la hora matinal, fresca y prometedora, tal vez por el afán del aseo, que comunica a los ánimos el contento de la virtud.

Por la basura se deshace el mundo y se vuelve a hacer. La inmensa Penélope teje y desteje su velo de átomos, polvo de la Creación. Un barrendero se detiene, extático. Lo ha entendido todo, o de repente se han apoderado de él los ángeles y, sin que él lo sepa, sin que nadie se percate más que yo, abre la boca irresponsable como el mascarón de la fuente, y se le sale por la boca, a chorro continuo, algo como un poema de Lucrecio sobre la naturaleza de las cosas, de las cosas hechas con la basura, con el desperdicio y el polvo de sí mismas. El mundo se muerde la cola y empieza donde acaba.

Allá va, calle arriba, el carro alegórico de la mañana, juntando las reliquias del mundo para comenzar otro día. Allá, escoba en ristre, van los Caballeros de la Basura. Suena la campanita del Viático. Debiéramos arrodillarnos todos.

Macedonio Fernández
Tres cocineros y un huevo frito

Hay tres cocineros en un hotel; el primero llama al segundo y le dice: "Atiéndeme ese huevo frito; debe ser así: no muy pasado, regular sal, sin vinagre"; pero a este segundo viene su mujer a decir que le han robado la cartera, por lo que se dirige al tercero: "Por favor, atiéndeme este huevo frito que me encargó Nicolás y debe ser así y así" y parte a ver cómo le habían robado a su mujer.

Como el primer cocinero no llega, el huevo está hecho y no se sabe a quién servirlo; se le encarga entonces al mensajero llevarlo al mozo que lo pidió, previa averiguación del caso; pero el mozo no aparece y el huevo en tanto se enfría y marchita. Después de molestar con preguntas a todos los clientes del hotel se da con el que había pedido el huevo frito. El cliente mira detenidamente, saborea, compara con sus recuerdos y dice que en su vida ha comido un huevo frito más delicioso, más perfectamente hecho.

Como el gran jefe de fiscalización de los procedimientos culinarios llega a saber todo lo que había pasado y conoce los encomios, resuelve: cambiar el nombre del hotel (pues el cliente se había retirado haciéndole gran propaganda) llamándolo Hotel de los Tres Cocineros y Un Huevo Frito, y estatuye en las reglas culinarias que todo huevo frito debe ser en una tercera parte trabajado por un diferente cocinero.

Martha Cerda
Inventario

Mi vecino tenía un gato imaginario. Todas las mañanas lo sacaba a la calle, abría la puerta y le gritaba: "Anda, ve a hacer tus necesidades". El gato se paseaba imaginariamente por el jardín y al cabo de de un rato regresaba a la casa, donde le esperaba un tazón de leche. Bebía imaginariamente el líquido, se lamía los bigotes, se relamía una mano y luego otra y se echaba a dormir en el tapete de la entrada. De vez en cuando perseguía un ratón o se subía a lo alto de un árbol. Mi vecino se iba todo el día, pero cuando volvía a casa el gato ronroneaba y se le pegaba a las piernas imaginariamente. Mi vecino le acariciaba la cabeza y sonreía. El gato lo miraba con cierta ternura imaginaria y mi vecino se sentía acompañado. Me imagino que es negro (el gato), porque algunas personas se asustan cuando imaginan que lo ven pasar.

Una vez el gato se perdió y mi vecino estuvo una semana buscándolo; cuanto gato atropellado veía se imaginaba que era el suyo, hasta que imaginó que lo encontraba y todo volvió a ser como antes, por un tiempo, el suficiente para que mi vecino se imaginara que el gato lo había arañado. Lo castigó dejándolo sin leche. Yo me imaginaba al gato maullando de hambre. Entonces lo llamé: "minino, minino", y me imaginé que vino corriendo a mi casa. Desde ese día mi vecino no me habla, porque se imagina que yo me robé a su gato.

Sergio Golwarz
Controversia

La Infinita Sabiduría y la Infinita Ignorancia, que vivían desconociéndose desdeñosamente, fueron obligadas a enfrentarse por los mediocres —que esperaban gozarse con ellas—, para que dirimieran sus diferencias sobre lo trascendental.

Nunca se supo el resultado de tan curioso duelo, porque ambas usaron el silencio como único argumento.

Historias de amor

Mario Benedetti
Lingüistas

Tras la cerrada ovación que puso término a la sesión
plenaria del Congreso Internacional de Lingüística
y Afines, la hermosa taquígrafa recogió sus lápices y
papeles y se dirigió hacia la salida abriéndose paso
entre un centenar de lingüistas, filólogos, semiólogos,
críticos estructuralistas y desconstruccionistas, todos
los cuales siguieron su garboso desplazamiento con una
admiración rayana en la glosemática.

De pronto las diversas acuñaciones cerebrales
adquirieron vigencia fónica:

—¡Qué sintagma!

—¡Qué polisemia!

—¡Qué significante!

—¡Qué diacronía!

—¡Qué *exemplar ceterorum!*

—¡Qué *Zungenspitze!*

—¡Qué morfema!

La hermosa taquígrafa desfiló impertérrita y adus-
ta entre aquella selva de fonemas.

Sólo se la vio sonreír, halagada y tal vez vulne-
rable, cuando el joven ordenanza, antes de abrirle la
puerta, murmuró casi en su oído: "Cosita linda."

Ethel Krauze
Ella parpadea

Ataque en la cocina de una fiesta:

Él: Estoy divorciado, soy abogado y político, me gustaría volver a verte, ¿vives sola? Dame tu teléfono. Ésta es mi tarjeta, te llamo.

Ella parpadea, ni siquiera lo había visto. Sólo había ido a servirse un vaso de agua.

Guillermo Samperio
Pasear al perro

a Carmen y Vicente Quirarte

Amaestrados, ágiles, atentos, bucólicos, bramadores, crespos y elegantes, engañosos y hermafroditas, implacables, jocundos y lunáticos, lúcidos, mirones, niños, prestos, rabiosos y relajientos, sistemáticos, silenciosos, tropel y trueque, ultimátum y veniales, vaivienen, xicotillos, zorros implacables son los perros de la mirada del hombre que fijan sus instintos en el cuerpo de esa mujer que va procreando un apacible, tierno, caliente paisaje de joven trigo donde pueda retozar la comparsa de perros inquietantes. Su minifalda, prenda lila e inteligente, luce su cortedad debido a la largueza de las piernas que suben, firmes y generosas, y se contonean hacia las caderas, las cuales hacen flotar paso a paso la tela breve, ceñida a la cintura aún más inteligente y pequeña, de la que asciende un fuego bugambilia de escote oval ladeado que deja libre el hombro y una media luna trigueña en la espalda. La mujer percibe de inmediato las intenciones de los perros en el magma de aquella mirada, y el hombre les habla con palabras sudorosas, los acaricia, los sosea, los detiene con la correa del espérense un poco, tranquilos, no tan abruptos, calma, eso es, sin precipitarse, vamos, vamos, y los echa, los deja ir, acercarse, galantes, platicadores, atentos, recurrentes. Al llegar a la esquina, la mujer y su apacible, tierno, caliente paisaje de joven trigo, y el hombre y su inquieta comparsa de animales atraviesan la avenida de la tarde; a lo lejos, se escuchan sus risas, los ladridos.

Sergio Golwarz
Diálogo amoroso

—Me adoro, mi vida, me adoro... A tu lado me quiero más que nunca; no te imaginas la ternura infinita que me inspiro.

—Yo me adoro muchísimo más...: ¡con locura!; no sabes la pasión que junto a ti siento por mí...

—No puedo, no puedo vivir sin mí...

—Ni yo sin mí...

—¡Cómo nos queremos!

—Sin que yo me ame la vida no vale nada...

—Yo también me amo con toda mi alma, sobre todo a tu lado...

—¡Dame una prueba de que te quieres!

—¡Sería capaz de dar la vida por mí!

—Eres el hombre más apasionado de la tierra...

—Y tú la mujercita más amorosa del mundo...

—¡Cómo me quiero!

—¡Cómo me amo!

Marcial Fernández
El engaño

La conoció en un bar y en el hotel le arrancó la blusa provocativa, la falda entallada, los zapatos de tacón alto, las medias de seda, los ligueros, las pulseras y los collares, el corsé, el maquillaje, y al quitarle los lentes negros se quedó completamente solo.

Luis Humberto Crosthwaite
Cada mujer: un museo

Cada mujer es un museo, le dije mientras ella abría sus puertas y yo buscaba la obra perfecta en su interior. Nada encontré, sólo recorrí pasillos y pasillos de arte inútil y superficial.

Cada mujer es un tiovivo, le dije, mientras dábamos vueltas y vueltas, ambos sonriendo para los fotógrafos. Flash-flash. Sólo eran apariencias que los retratos ayudaban a esconder.

Cada mujer es un mapa, le dije, mientras yo intentaba trazar cartografías, nuevos caminos. Aunque todo está recorrido, uno pretende ser descubridor.

Cada mujer es un punto fijo, insistí, mientras ella hacía maletas, guardaba su vida y se marchaba.

—¿Estás seguro? —cuestionó.

—Cada mujer —le aseguré.

—Nada de eso —corrigió.

Cada mujer se aleja tarde o temprano, terminé por decirle, mirándola irse, dejándola ir.

Retratos

Adolfo Castañón
El Evangelio de Juan Rulfo según Julio Ortega

Un día llegué de noche a un pueblo. En el centro había un árbol. Cuando me encontré en medio de la plaza, me di cuenta de que aquel pueblo, en apariencia fantasma, en realidad estaba habitado. Me rodearon y se fueron acercando hasta que me amarraron a un árbol y se fueron. Pasé toda la noche ahí. Aunque estaba algo perplejo, no estaba asustado pues ni siquiera tenía ánimo para ello. Amaneció y poco a poco aparecieron los mismos que me habían amarrado. Me soltaron y me dijeron: "Te amarramos porque cuando llegaste vimos que se te había perdido el alma, que tu alma te andaba buscando, y te amarramos para que te encontrara."

Juan Armando Epple
Volver a Casablanca

a Germán Arestizábal

Michael Curtiz reunió a los actores y les dijo: la verdad es que no sé como va a terminar esto, yo no soy ningún dios. Pero aquí tienen algunas posibilidades: \el agente alemán descubre el plan de fuga, llega al aeropuerto, hiere de muerte a Laszlo, Rick toma su lugar y logra escapar a Lisboa con Ilse \Rick, tú mueres a manos del agente alemán cuando te interpones para proteger el escape de Laszlo e Ilse \a último momento, tú resuelves quedarte con Rick, Ilse, ¿no es lo que deseabas?, tu marido comprenderá \Louis y Rick se dan cuenta que existe una afinidad especial entre ambos, Rick convence a Ilse que se vaya con Laszlo y Louis se compromete a ocultar el hecho. Mañana se filma esta secuencia, y ustedes deciden.

Rick volvió a Rick's Place. En medio del ruido ostentosamente fiestero, los brindis y el humo, trató de imaginar una salida. Luego pensó que todo eso era absurdo: te meten en un guión que no escribiste y al mismo tiempo te obligan a buscarle un final convincente, donde fulguren esas palabras tan gastadas como amor, lealtad, gloria, sacrificio. Despidió a Sam y le pidió al camarero otra botella, también inútil. No era difícil intuir que, una vez más, alguien ya estaba decidiendo por él.

Reconociéndose hermano de todos esos actores de reparto cuyos nombres nunca aparecerán en los créditos, resuelve que si le dieran la oportunidad de detener el tiempo no elegiría alguna escena del pasado o un hipotético final feliz. Elegiría ese momento porque el día obliga a doblegarse a la caducidad de un cheque o de una frase memorable y sólo la noche es joven.

Eusebio Ruvalcaba
El melómano

Compra discos, lee biografías de músicos, colecciona
programas de mano. Por sus venas circula música. Y
muchas veces ama aún más la música que los propios músicos. Pero llora en vez de tocar.

Otto-Raúl González
Muerte de un rimador

Agapito Pito era un rimador nato y recalcitrante. Un buen día, viajó a un extraño país donde toda rima, aunque fuese asonante, era castigada con la pena de muerte.

Pito empezó a rimar a diestra y siniestra sin darse cuenta del peligro que corría su vida. Veinticuatro horas después fue encarcelado y condenado a la pena máxima.

Considerando su condición de extranjero, las altas autoridades dictaminaron que podría salvar el pellejo sólo si pedía perdón públicamente ante el ídolo antirrimático que se alzaba en la plaza central de la ciudad.

El día señalado, el empedernido rimador fue conducido a la plaza y, ante la expectación de la multitud, el juez del supremo tribunal le preguntó:

—¿Pides perdón al ídolo?

—¡Pídolo!

Agapito Pito fue linchado *ipso facto*.

Sirenas

Julio Torri
A Circe

¡Circe, diosa venerable! He seguido puntualmente tus avisos. Mas no me hice amarrar al mástil cuando divisamos la isla de las sirenas, porque iba resuelto a perderme. En medio del mar silencioso estaba la pradera fatal. Parecía un cargamento de violetas errante por las aguas.

¡Circe, noble diosa de los hermosos cabellos! Mi destino es cruel. Como iba resuelto a perderme, las sirenas no cantaron para mí.

Marco Denevi
Silencio de sirenas

Cuando las Sirenas vieron pasar el barco de Ulises y advirtieron que aquellos hombres se habían tapado las orejas para no oírlas cantar (¡a ellas, las mujeres más hermosas y seductoras!) sonrieron desdeñosamente y se dijeron: ¿Qué clase de hombres son éstos que se resisten voluntariamente a las Sirenas? Permanecieron, pues, calladas, y los dejaron ir en medio de un silencio que era el peor de los insultos.

José de la Colina
Las sirenas

Otra versión de la Odisea cuenta que la tripulación se
perdió porque Ulises había ordenado a sus compañeros que se taparan los oídos para no oír el pérfido si
bien dulce canto de las Sirenas, pero olvidó indicarles
que cerraran los ojos,
     y como además las sirenas, de formas genero-
sas, sabían danzar...

Augusto Monterroso
La Sirena inconforme

Usó todas sus voces, todos sus registros; en cierta forma se extralimitó; quedó afónica quién sabe por cuánto tiempo.

Las otras pronto se dieron cuenta de que era poco lo que podían hacer, de que el aburridor y astuto Ulises había empleado una vez más su ingenio, y con cierto alivio se resignaron a dejarlo pasar.

Ésta no; ésta luchó hasta el fin, incluso después de que aquel hombre tan amado y deseado desapareció definitivamente.

Pero el tiempo es terco y pasa y todo vuelve.

Al regreso del héroe, cuando sus compañeras, aleccionadas por la experiencia, ni siquiera tratan de repetir sus vanas insinuaciones, sumisa, con la voz apagada, y persuadida de la inutilidad de su intento, sigue cantando.

Por su parte, más seguro de sí mismo, como quien había viajado tanto, esta vez Ulises se detuvo, desembarcó, le estrechó la mano, escuchó el canto solitario durante un tiempo según él más o menos discreto, y cuando lo consideró oportuno la poseyó ingeniosamente; poco después, de acuerdo con su costumbre, huyó.

De esta unión nació el fabuloso Hygrós, o sea "el Húmedo" en nuestro seco español, posteriormente proclamado patrón de las vírgenes solitarias, las pálidas prostitutas que las compañías navieras contratan para entretener a los pasajeros tímidos que en las noches deambulan por las cubiertas de sus vastos trasatlánticos, los pobres, los ricos, y otras causas perdidas.

Salvador Elizondo
Aviso

La isla prodigiosa surgió en el horizonte como una crátera colmada de lirios y de rosas. Hacia el mediodía comencé a escuchar las notas inquietantes de aquel canto mágico.

Había desoído los prudentes consejos de la diosa y deseaba con toda mi alma descender allí. No sellé con panal los laberintos de mis orejas ni dejé que mis esforzados compañeros me amarraran al mástil.

Hice virar hacia la isla y pronto pude distinguir sus voces con toda claridad. No decían nada; solamente cantaban. Sus cuerpos relucientes se nos mostraban como una presa magnífica.

Entonces decidí saltar sobre la borda y nadar hasta la playa.

Y yo, oh dioses, que he bajado a las cavernas de Hades y que he cruzado el campo de asfodelos dos veces, me vi deparado a este destino de un viaje lleno de peligros.

Cuando desperté en brazos de aquellos seres que el deseo había hecho aparecer tantas veces de este lado de mis párpados durante las largas vigías del asedio, era presa del más agudo espanto. Lancé un grito afilado como una jabalina.

Oh dioses, yo que iba dispuesto a naufragar en un jardín de delicias, cambié libertad y patria por el prestigio de la isla infame y legendaria.

Sabedlo, navegantes: el canto de las sirenas es estúpido y monótono, su conversación aburrida e incesante; sus cuerpos están cubiertos de escamas, erizados de algas y sargazo. Su carne huele a pescado.

Ana María Shua
¿Sirenas?

Lo cierto es que las sirenas desafinan. Es posible tolerar el monótono chirrido de una de ellas, pero cuando cantan a coro el efecto es tan desagradable que los hombres se arrojan al agua para perecer ahogados con tal de no tener que soportar esa horrible discordancia. Esto les sucede, sobre todo, a los amantes de la buena música.

Dinosaurios

Augusto Monterroso
El dinosaurio

Cuando despertó, el dinosaurio todavía estaba allí.

Pablo Urbanyi
El dinosaurio

Cuando despertó, suspiró aliviado: el dinosaurio ya no estaba allí.

Marcelo Báez
Indigna continuación de un cuento de Monterroso

Y cuando despertó, el dinosaurio seguía allí. Rondaba tras la ventana tal y como sucedía en el sueño. Ya había arrasado con toda la ciudad, menos con la casa del hombre que recién despertaba entre maravillado y asustado. ¿Cómo podía esa enorme bestia destruir el hogar de su creador, de la persona que le había dado una existencia concreta? La creatura no estaba conforme con la realidad en la que estaba, prefería su hábitat natural: las películas, las láminas de las enciclopedias, los museos... Prefería ese reino donde los demás contemplaban y él se dejaba estar, ser, soñar.

Y cuando el dinosaurio despertó, el hombre ya no seguía allí.

José de la Colina
La culta dama

Le pregunté a la culta dama si conocía el cuento de Augusto Monterroso titulado "El dinosaurio".

—Ah, es una delicia —me respondió—, ya estoy leyéndolo.

Cuentos sobre cuentos

Lazlo Moussong
Una historia bucólica

Prólogo

Con este cuento quise poner en acción el cuadro que pinta Lewis Carroll —y sitúa como marcos inicial y final— en los cuatro primeros y cuatro últimos versos de su poema "Jabberwocky".

No he conocido una versión al "castellano" de tanta belleza poética como ésta, cuyo lenguaje me dio la pauta para el cuento.

Es una versión ortodoxa, particularmente respecto al significado de las palabras "difíciles" que explica Humpty Dumpty a Alicia, pero además no tiene una intención estricta (hasta donde cabe y como si lo intentaran otros traductores) de verter, sino un gusto por recrear, de modo que en esta versión se prescinde de los conocidos sustantivos borogovo y tovo, y se aportan en su lugar los terpines y murdines.

Yo que Carroll, le hubiera callado la boca a Humpty Dumpty cuando éste se pone a explicar los significados, ya que un aspecto muy importante del valor poético de este lenguaje radica en su poder de sugerencia para mirar con la imaginación según el color del cristal con que se viva, o le hubiera hecho decir a Humpty Dumpty que:

—No hay nada más claro y fácil que entender las palabras difíciles, porque ellas significan lo que tú imagines que significan, pero también significan lo que yo imagino que significan y además, siempre significarán lo que cualquiera se imagine que significan.

A lo que Alicia habría podido comentar en conclusión:

—¡Qué significativo parece todo esto!

Esta liberación imaginativa tiene su juego hasta en el uso de un verbo, como se ve en los versos 3 y 4, donde el lector puede entender que los murdines realizaban la acción de astarir raspes, o también que, mientras los murdines se encontraban particos, eran los raspes del zelarta los que astariban (verbo regüirregular).

Ese traductor se llama Oscar Pousa (lo menciono en reconocimiento por esto y por ser también traductor de Frederic Brown).

Anastasia y Adriana son dos niñas que comparten mi modo de gustar el "Jabberwocky".

Para que Anastasia y Adriana
se lo cuenten a Astasiana
y Anadria

Era ya el tardín y los flexes terpines
Jircaban y roldían por la garta.
Particos se encontraban los murdines
Y astariban los raspes del zelarta
LEWIS CARROLL

Era hermoso ver cómo durante el tardín, los raspes del zelarta astariban rotomodamente entre los murdines, trasquesinembargo, un fliptante grupo de flexes terpines se fresacaba en roldineos y jirqueos por la garta.

Pero lo que éstos hacían, no era tanto jircar y roldar como husmellar el depistoso ruroma de los murdines que ricataban entre gestaltos, mientras aparentemente los terpines sólo se enretilaban.

Mas he ahí que el noctín cayó y los murdines, con claditos, se traumieron muy pasticos. Entonces los flexes terpines, treneciéndose como un terrible dragorror, enfilaron su rasta hacia ellos que, bajo el manto noctivo, traumitoñaban santisfisquechos.

Con violento rumbido, tracatacataron los flexes y, sin prespercitirles siquiera una prostuma ribada, degovaron —anastasiados y adrianitados— a todos los murdines hasta el último ratomo, de modo que cuando en la fresura matinal Sanpaconcisco salió a buscarlos, ya no supo si los murdines se habían ido al zampanillo, o si realmente nunca había tenido murdines que nutrilusionar, o si se los habría llevado algún trocadrón.

Escarmónico, se quedó sampado, rumiaditando con ufintados pensamientos, hasta que llegó el tardín, y entonces vio cómo los flexes terpines, con satanfacción, jircaban y roldían por la garta, pero lamentó que le faltaran sus particos murdines, mientras más allá —indifidentes— se vriscaban y astariban los raspes del zelarta.

Rafael Bullé-Goyri
Las mariposas volaban

Las mariposas[1] volaban[2] dejando una estela de polvo[3] de oro[4]. La niña[5] tomó delicadamente[6] una de ellas entre sus blancas[7] manos, la puso en el suelo[8] y la aplastó[9] con su infantil[10] piececito[11].

---

[1] El autor se refiere indudablemente a la especie *Helioconius melpomene-aglapoe* que es, con mucho, la más conocida en nuestros jardines. El relato no se comprendería si supusiéramos que la especie referida es *Timeloe arcas-mayuscula*, la cual es nocturna, inmensa y repugnante. El personaje que se describe en el relato —descripción por cierto magistral y acabada— no osaría tocar jamás a un individuo de esta última especie, toda vez que le sobrevendrían bascas y soponcios incontrolables, lo que daría al traste con lo aquí contado (N. de la R.).

[2] El verbo "volaban" es, en este contexto, el apropiado. En efecto, es difícil pensar en un verbo más acorde con las propiedades físicas y con la naturaleza de las mariposas, las que —como su nombre indica— están construidas expresamente para mariposear, es decir, ir de aquí para allá volando. El autor acierta en negar implícitamente que las mariposas rujan, corran a paso veloz o jueguen ajedrez, como pudiera pensarse de no mediar esta pertinente aclaración (N. del T.).

³ "Polvo", aquí, no tiene la acepción a la que estamos acostumbrados, es decir, no se refiere al polvo que encontramos en los rincones de la casa, bajo las alfombras o en las mejillas de las damas. Es tan sólo un término que cumple a plenitud su cometido de acentuar la innegable belleza del relato (N. del E.).

⁴ Hay aquí, evidentemente, una metáfora. De todos es sabido que las mariposas, sean de la especie que se quiera, no tienen en sus alas ni en cualquier otro topos de su anatomía polvo de oro. Para ello tendrían que provenir, esas mariposas, de alguna mina de ese metal, de las arcas del Banco de México o de los bolsillos de algún diputado federal (N. del T.).

⁵ Nuevamente el autor acierta en seleccionar a una niña como el personaje central del relato. Quizá pensó que sería improcedente asignar ese papel a un contador público titulado, a un médico gastroenterólogo o a un mariachi, toda vez que es infrecuente ver a quienes ejercen esas profesiones correr tras las mariposas. Por ello, es obvio que una niña constituye una mejor opción dada la tierna candidez que permea la obra toda (N. de la R.).

⁶ El autor se refiere sin duda a un movimiento fino, pero sin connotaciones gay. Dos son las razones, a saber: en primer lugar, las niñas son de suyo delicadas, y delicados son sus movimientos; por otro lado, lo gay no encuadra en el espíritu infantil, por lo que suponer en una niña tan condenables costumbres no está, con seguridad, dentro de las honestas y valientes intenciones del autor (N. del E.).

⁷ El relato, al dar cabida a este adjetivo, encuentra un clarísimo antecedente en el *Ulises*, de James Joyce. El lector interesado encontrará en la op. cit. tres veces, por lo menos, este adjetivo. Quizás un antecedente más remoto sea *La divina comedia*, pues Alighieri lo emplea una vez en el "Purgatorio" y una más en el "Paraíso", lo que revela la erudición del autor de la narración presente (N. del T.).

⁸ El término "suelo" tiene en el relato la misma significación que le asigna Walter R. Thurman en su espléndida obra *A Ge-*

neral and Geological Study of Soil (Lippincott, Massachussetts, 1913), o sea, "la capita de hasta arriba de la tierra". Se muestra otra vez, con tal uso, la colosal cultura del autor, pues no hubiera sido posible este genial relato sin la previa consulta de la obra de referencia (N. del E.)

[9] Éste es un término que —paradójicamente— da mayor realce a la hermosura de la presente obra. "Aplastar" es convertir en plasta, es cierto, por lo que se pensaría que la utilización de este verbo no concuerda, en apariencia, con el poderío estético de aquélla (es decir, de la obra). Empero, la comparación de este término con los otros, da a estos últimos (es decir, los otros términos) una fuerza dialéctica difícilmente superable por otros escritores (N. del T.).

[10] Es ésta una reiteración admirable del personaje. El pisotón que se da a la bestia proviene de un protagonista infantil, o sea la niña, lo que si bien no evita que quede convertida en plasta (véase nota 9), hace aparecer al acto como casi inofensivo e inocente, al tiempo que lo desnuda de sus implicaciones letales (N. de la R.).

[11] Concluye el autor con este peculiar y muy ingenioso sustantivo propio de la gran literatura: Perrault lo asume, por ejemplo, en su *Cenicienta*. El conocido Dr. Scholl lo lleva, a su vez —ahora en el campo de la ortopedia— a la cima de las disciplinas científicas. La selección de este término y no de otro (por ejemplo pata, zanca, patrulla, etc.) pone de manifiesto, una vez más, la ilustración enciclopédica del autor (N. del T.).

Mario Benedetti
Todo lo contrario

—Veamos —dijo el profesor—. ¿Alguno de ustedes sabe qué es lo contrario de IN?

—OUT —respondió prestamente un alumno.

—No es obligatorio pensar en inglés. En español, lo contrario de IN (como prefijo privativo, claro) suele ser la misma palabra, pero sin esa sílaba.

—Sí, ya sé: insensato y sensato, indócil y dócil, ¿no?

—Parcialmente correcto. No olvide, muchacho, que lo contrario del invierno no es el vierno sino el verano.

—No se burle, profesor.

—Vamos a ver. ¿Sería capaz de formar una frase, más o menos coherente, con palabras que, si son despojadas del prefijo IN, no confirman la ortodoxia gramatical?

—Probaré, profesor: "Aquel dividuo memorizó sus cógnitas, se sintió dulgente pero dómito, hizo ventario de las famas con que tanto lo habían cordiado, y aunque se resignó a mantenerse cólume, así y todo en las noches padecía de somnio, ya que le preocupaban la flación y su cremento."

—Sulso pero pecable —admitió sin euforia el profesor.

Jairo Aníbal Niño
Cuento de arena

Un día la ciudad desapareció. De cara al desierto y
con los pies hundidos en la arena, todos compren-
dieron que durante treinta largos años habían estado
viviendo en un espejismo.

Mónica Lavín
Dos puntos

Sedúceme con tus comas, con tus caricias espacia-
das, tu aliento respirable y tus atrevimientos conti-
nuos; colócame el punto y coma para cambiar las
caricias por largos besos y frases susurradas boca a
boca. Haz un punto y seguido para desatarte de mí y
contemplar mi desnudez sobre tu cama, ahora interrumpe con guiones para soltar un halago sobre mi
cuerpo y su huella en el tuyo —recorrer con la mirada
el talle y el hundimiento en la cintura, el ascenso en la
cadera, la larga prolongación de las piernas rematadas
por un pie que no resistes besar—. Embísteme sin mi
rechazo y tortúrame con la altivez de tu deseo arras-
trándome muy lejos (al borde del abismo entre parén-
tesis y sin comas por favor), ahora desenvaina tus
puntos suspensivos... —maldito trío de puntos— ese
espacio sin nombre no se alcanza.

Un punto y aparte para calmar el temblor de mi
cuerpo y sonreírte al tiempo que me das a beber del
vino espumoso en una copa. Borro mis interrogacio-
nes. Toda una antesala para retomar tus comas y re-
galarme la humedad de tu boca y la suavidad de tu
respiración en mis orejas, cuello, nuca, hombros; ata-

car con puntos y comas nuevamente para buscar con tu dedo un clítoris congestionado, pasar tu lengua entre esos labios escondidos y saborear mis secreciones —robármelas entre guiones— y atizar de nuevo en mi centro ardiente ocupándolo, sosteniendo el ascenso ¡inminente! con signos de exclamación, la eyaculación inevitable... hasta acabar con los puntos suspensivos y vaciarte todo en mí y desplomarte extenuado, aliviado y amoroso en mi cuerpo complacido.

De nuevo un punto y aparte para dormir sobre mi pecho y poner punto final al entrecomillado "acto" que en este caso es un hecho amoroso sin ningún viso de actuación.

Si estoy equivocada, felicito tu dominio de la puntuación.

Punto final.

Edmundo Valadés
Fin

De pronto, como predestinado por una fuerza invisible, el carro respondió a otra intención, enfilado hacia imprevisible destino, sin que mis inútiles esfuerzos lograran desviar la dirección para volver al rumbo que me había propuesto.

Caminamos así, en la noche y el misterio, en el horror y la fatalidad, sin que yo pudiera hacer nada para oponerme.

El otro ser paró el motor, allí en un sitio desolado.

Alguien que no estaba antes, me apuntó desde el asiento posterior con el frío implacable de un arma.

Y su voz definitiva, me sentenció:

—¡Prepárate al fin de este cuento!

Referencias bibliográficas

Agradecemos a los autores y las editoriales correspondientes su autorización para reproducir los textos seleccionados para esta antología.

Óscar de la Borbolla (México): "Minibiografía del minicuento". Texto leído por su autor el 18 de agosto de 1998 en la Casa Universitaria del Libro durante la clausura del Primer Coloquio Internacional de Minificción, organizado por la Universidad Autónoma Metropolitana de Xochimilco en colaboración con el INBA, coordinado por L. Zavala.

Eduardo Galeano (Uruguay): Los textos de la sección Los orígenes están tomados de *La memoria del fuego*, vol. 1: *Los nacimientos*. México, Siglo XXI Editores, 1982.

Juan José Arreola (México): Los textos de la sección Bestiario están tomados de *Bestiario* (1959), en *Narrativa completa*. México, Alfaguara, 1997.

Augusto Monterroso (Guatemala): Los textos de la sección Fábulas están tomados de *La Oveja negra y demás fábulas* (1969), en *Cuentos, fábulas y lo demás es silencio*. México, Alfaguara, 1996.

Ana María Shua (Argentina): Los textos de la sección La sueñera están tomados de *La sueñera (1984)*,

Buenos Aires, Alfaguara, 1996. Los títulos han sido añadidos por el compilador.

Luisa Valenzuela (Argentina): Los textos de la sección Cuentos que no muerden están tomados de *Libro que no muerde*. México, Universidad Nacional Autónoma de México, 1980.

Felipe Garrido (México): Los textos de la sección Garabatos están tomados de *La musa y el garabato*. México, Fondo de Cultura Económica, 1992.

Manuel Mejía Valera (Perú): Los textos de la sección Adivinanzas están tomados de *Adivinanzas*. México, Cuadernos de Humanidades, Universidad Nacional Autónoma de México, 1988.

Luis Britto García (Venezuela): Los textos de la sección Nuevas formas de locura están tomados de *Me río del mundo*. Caracas, Producciones Seleven, 1984.

Luis Britto García (Venezuela): Los textos de la sección Abrapalabra están tomados de *Rajapalabra*. México, Universidad Nacional Autónoma de México, 1993. Prólogo de Lauro Zavala.

Alfonso Reyes (México): "La basura" (14 de agosto de 1959). Texto incluido en la compilación *Mitología del año que acaba. Memoria, fábula, ficción*, editada por Adolfo Castañón. México, Departamento del Distrito Federal, 1990.

Macedonio Fernández (Argentina): "Tres cocineros y un huevo frito" (c. 1959), en *Obras completas*, vol.

8. *Relato. Cuentos, poemas y misceláneas*. Buenos Aires, Corregidor, 1987.

Martha Cerda (México): "Inventario", en *Las mamás, los pastores y los hermeneutas*. Monterrey, Ediciones Castillo, 1995.

Sergio Golwarz (México): "Controversia", en *Infundios ejemplares*. México, Fondo de Cultura Económica, 1969.

Mario Benedetti (Uruguay): "Lingüistas", en *Despistes y franquezas* (1989) en *Cuentos completos*, México, Alfaguara, 1996.

Ethel Krauze (México): "Ella parpadea" en *Relámpagos*, México, Serie Los Cincuenta, Consejo Nacional para la Cultura y las Artes, 1995.

Guillermo Samperio (México): "Pasear al perro", en *Gente de la ciudad*. México, Fondo de Cultura Económica, 1986.

Sergio Golwarz (México): "Diálogo amoroso", en *Infundios ejemplares*. México, Fondo de Cultura Económica, 1969.

Marcial Fernández (México): "El engaño", en *Andy Watson, contador de historias*. México, Daga, 1997.

Luis Humberto Crosthwaite (México): "Cada mujer: un museo", en *No quiero escribir no quiero*. Toluca, Centro Toluqueño de Escritores, Ediciones del H. Ayuntamiento de Toluca, 1993.

Adolfo Castañón (México): "El evangelio de Juan Rulfo según Julio Ortega". Transcripción de la narración de Julio Ortega refiriendo una anécdota que le contó Juan Rulfo. Estas palabras fueron dichas durante una conferencia dictada en el marco del I Seminario de Crítica Literaria celebrado en Manizales, Colombia, en abril de 1999.

Juan Armando Epple (Chile): "Volver a Casablanca", en *Con tinta sangre*. Santiago de Chile, Mosquito Editores, 1999.

Eusebio Ruvalcaba (México): "El melómano", en *Con olor a Mozart*. México, Verdehalago, 1999.

Otto-Raúl González (Guatemala): "Muerte de un rimador", en *Sea breve*, México, Ediciones El Equilibrista, Serie Minimalia, 1999.

Julio Torri (México): "A Circe", en *Ensayos y poemas* (1917). Edición incluida en *Tres libros*. México, Fondo de Cultura Económica, 1964.

Marco Denevi (Argentina): "Silencio de sirenas", en *Falsificaciones* (1966). Buenos Aires, Ediciones Corregidor, 1996.

José de la Colina (México): "Las sirenas", en *Tren de historias*. México, Editorial Aldus, 1998.

Augusto Monterroso (Guatemala): "La Sirena inconforme", en *La Oveja negra y demás fábulas*. México, Joaquín Mortiz, 1969.

Salvador Elizondo (México): "Aviso", en *El grafógrafo*. México, Joaquín Mortiz, 1972.

Ana María Shua (Argentina): "¿Sirenas?", en *La sueñera* (1984). Buenos Aires, Alfagura, 1996, texto núm. 214.

Augusto Monterroso (Guatemala): "El dinosaurio" en *Obras completas (y otros cuentos)* (1971). México, Serie Lecturas Mexicanas, Segunda Serie, núm. 32, Secretaría de Educación Pública, 1986.

Pablo Urbanyi (Argentina): "El dinosaurio". Texto inédito (Argentina-Canadá).

Marcelo Báez (Ecuador): "Indigna continuación de un cuento de Monterroso", en http:/www.miami.edu/fll/espiral/baez5.htm, 1999.

José de la Colina (México): "La culta dama", en *Tren de historias*. México, Editorial Aldus, 1998.

Lazlo Moussong (México): "Una historia bucólica", en *Castillos en la letra*. Xalapa, Universidad Veracruzana, 1986.

Rafael Bullé-Goyri (México): "Las mariposas volaban", en *Bodega de minucias*. Xalapa, Universidad Veracruzana, 1996.

Mario Benedetti (Uruguay): "Todo lo contrario", en *Despistes y franquezas* (1989), en *Cuentos completos*, México, Alfaguara, 1996.

Jairo Aníbal Niño (Colombia): "Cuento de arena", en *Toda la vida*. Bogotá, Carlos Valencia Editores, 1982.

Mónica Lavín (México): "Dos puntos", en *Retazos*. México, Tava Editorial, Colección 99, 1995.

Edmundo Valadés (México): "Fin", en *Sólo los sueños y los deseos son inmortales, Palomita*. México, Océano, 1986.

Relatos vertiginosos. Antología de cuentos mínimos se terminó de imprimir en julio de 2003, en Encuadernación Ofgloma, S.A. Calle Rosa Blanca 12, Col. Ampliación Acahualtepec, C.P. 09600, México, D.F. Cuidado de la edición: Ramón Córdoba.